アイズ　猟奇死体観察官・児玉永久

内藤 了

角川ホラー文庫
23912

目次

【主な登場人物】

児玉永久《こだまとわ》　かつて連続殺人を犯した少年。シリアルキラーのクローン。
中島保《なかじまたもつ》　永久の保護者。心理カウンセラーかつ天才的プロファイラー。
金子未来《かねこみく》　永久の親友。サヴァン症候群の青年。
藤堂比奈子《とうどうひなこ》　もと猟奇犯罪捜査班、〝伝説の女刑事〟。保のパートナー。

厚田巌夫《あつたいわお》　猟奇犯罪捜査班。厚田班のチーフ。通称〝ガンさん〟。
石上妙子《いしがみたえこ》　猟奇犯罪捜査班。東大法医学部の教授で検死官。通称〝死神女史〟。
堀北恵平《ほりきたけっぺい》　猟奇犯罪捜査班。東京駅おもて交番から異動してきた駆け出し刑事。

――【衝撃！　東京、長野で起きた幼児連続バラバラ事件・犯人は小学生か】

おぞましい事件がどれほど世論を騒がせても、流れる時間はゆるやかにそれを上書きしていく。被害者のことは忘れられ、加害者は潜行して、事件を深掘りしようとする者も、人は生きることに精一杯で、他人の不幸に長く興味を抱けないことを知る。

永久くん、過去は変えられない。償うことしかできないんだよ――

プロローグ

蜘蛛《くも》の糸さながらに銀の雨が降り注ぐ。雫《しずく》はハイビスカスの蕾《つぼみ》にたまり、玉となって滑り落ちていく。その茂みに女性の死体が眠っている。

艶《つや》やかだったブラウスは色褪《いろあ》せて、白衣は汚れて黄ばんでしまい、頭蓋骨《とうがいこつ》は、なめらかな部分もあるけれど、表皮に髪がこびりついたままの箇所もある。長かった髪は抜け落ちて、褐色の肌も干からびて、閉じた瞼《まぶた》の片方は穴となり、頬の一部が欠落し、首から下は……白衣で見えない。

日本精神・神経医療研究センターには国内最大規模のボディファーム（死体農場）があって、数多くの献体を用いて死後の変化を観察している。けれども彼女は献体ではなく、ボディファームの外の茂みで自ら死を選んだ人だ。

「ハイ、スサナ。調子はどう？　今日は雨だよ。静かな朝だね」

六月十八日、誕生日の朝。

児玉永久《こだまとわ》はスサナの死体に呼びかけた。

霧雨のなか傍らに跪《ひざまず》いて微笑むと、ビスクのような肌に長い前髪が落ちかかる。整った面立ちは黒色のカラーコンタクトレンズのせいで眼球だけが妙に黒々として見え、それが酷薄そうな笑みに似合っている。この朝、永久は黒いTシャツにデニムパンツ、その上から白衣を羽織っていた。ラテックスをはめた手を伸ばすと死体の衣服に触れてボタンを外し、広げて身体を確認する。ボリュームがあった乳房はミイラ化して、もはや焼き損ねたシュー皮のようだ。

もっと子供だったころ、永久は監視映像を閲覧できる金子《かねこ》の部屋でスサナのシャワーシーンを眺めたものだが、彼女の裸体は褐色の女神さながらだった。ボールのような胸に筋肉質のウエスト、ヒップは恐怖を感じるほどボリュームがあった。胸骨あたりにタトゥーが見えたが、胸の谷間が深すぎてどんな図柄かわからなかった。いま、筋肉質だった腹部は腐り落ちて洞《ほら》になり、下腹部より下はほぼ骨だ。下半身は地面と直《じか》に接しているため、細菌の蚕食による白骨化が早かったのだ。少し前まで陰毛があったが、今ではそれも散り落ちて、腐食遺体のレプリカさながらになっている。

サー・ジョージの研究室にあったみたいなやつ。

そう思って永久は微《かす》かに笑う。

サー・ジョージは法医昆虫学者だった。母親のレプリカに屍肉《しにく》を詰めて、虫をたくさん発生させて、その生態を記録し続けてこの世を去った。現在、そのデータは永久が引き継いで、ボディファームで死体と虫の研究を続けている。

スサナの死体に雨が落ち、表面がぬらぬら光っている。萎《しな》びてしまった乳房は、もはやタトゥーを隠せない。多機能携帯端末タブレットに画像を収め、少年は、

「うーん」

と唸《うな》って首を傾げた。生きているとき確認できなかったタトゥーの図柄はつる性植物のアイビーで、黒一色で彫ってある。初期に観察したときは完全なる黒一色だったのに、皮膚の状態が変わるに連れて二色になった。デザイン的に陰影をつけたわけではなくて、なにかの理由で変色したのだ。永久はスサナの皮膚に触れ、

「やっぱり、ちょっと切らせてもらうね」

と、死体に言った。皮膚を採取して成分を調べるのが早いけど、今は道具がないので明日にする。どんな場合も準備はきちんとしなくちゃならない。ことを急《せ》くのは失敗のもとだ。データを取り終えると、再びブラウスの前を合わせた。

まもなくハイビスカスが花期を迎えて、秋ごろまで赤い花を咲かせる。豪華で目立つ大輪の花はスサナのイメージそのものだ。藪《やぶ》がなければ頭部は疾《と》うに地面に落ちていたはずだけど、スサナは狙ったようにその場所に倒れ、繁茂する枝葉に守られて何年もこの形状を保っている。永久は立ち上がって死体に告げた。

「スサナ。ぼく、十六歳になるんだよ。ママから生まれた日が今日なんだ」

雨は静かに降っている。髪に染みこんで額を流れて、コンタクトレンズに染み入ってくる。スサナも濡《ぬ》れているけれど、彼女はそれを気にしない。

「誕生日とか、笑っちゃうよね……でもさ」

少年は死体の耳だったあたりに唇を寄せた。

「十六歳なら、ぼくはもう、新しい人にならないと……そうでしょう？」

頭蓋骨の眼窩《がんか》に溜《た》まった雨がキラキラ光る。

少年は微笑んで、かつての友人を見下ろした。

日系アメリカ人の科学者という触れ込みで晩期死体現象を研究していたスサナ。彼女はボディファームの初代管理者で、自死した時は三十代後半。美人で快活。死臭に激しいセックスアピールを感じる特異体質の持ち主だった。互いに個人的な話をしなかったから、永久がスサナについて知っているのはその程度だ。

でも、スサナのほうは知っていたかもしれないね。子供のころ、ぼくが連続殺人鬼だったということを。どの矯正施設にも入れてもらえず、センターの心理カウンセラー中島保《なかじまたもつ》に預けられたのだということも。

歩き出すと、雨のせいで歩道の砕石がジャミジャミ鳴った。

センターには、ここでしか生きられない犯罪者がいる。死んだらファームの献体になって、その後もセンターに留《とど》まる運命の者たちだ。スサナは外に出られるスタッフだったのに、命を絶ってここにいる。

ハイビスカスの藪を進むとドームがあって、内部が正式なボディファームだ。ドーム内には自然や人工の環境が造られて、年齢や性別や体格の違う様々な死体が朽ちていくままにされている。イタチや狐や狸やクマなどの動物がいないから、死体の損傷は緩やかに進み、ここではそうした記録を取っている。山、川、海水に人工水、汽水域、砂や土、湿度に温度、気圧の差……様々な状況下で腐敗状況や分解現象を調べて法医学などに応用するのが目的の施設で、犯罪捜査にも協力している。

永久はドームの中へ行く。

透明で近代的なポリカーボネート製のドームは以前、巨大なトタン葺《ぶ》きの小屋だった。何年か前にテロ組織が襲撃事件を起こして破壊したので改修工事を行って今のような形状になったのだ。でも、やっていることは以前と同じだ。

ファームに入るとジャングルがあって小川が流れている。身体の半分を水に浸けた献体は、かつてはリョーゾウという高齢男性だったけど、今はタカオという中年男性になった。リョーゾウは役目を終えて遺族の許《もと》へ返されたのだ。献体はデータを取り終えると事前の申請に基づいて返却される。引き取り手がなかったり、故人が望んだりすれば引き続きここで管理して、経年劣化による骨の状態をさらに調べる。

死んだ彼らも現象としては生き続けていて、様々なデータの採取に協力している。見つけた骨が新しいかどうか、手っ取り早く調べたかったら『舐《な》めてみるのよ』とスサナは言った。古い骨なら舌が貼り付く。そうでなければ最近の骨だと。

「はい、タカオ。調子はどう？」

永久の影が小川に落ちると、水面が波立った。死体を隠れ家にしていた魚たちが逃げたのだ。この川にはトビケラの幼虫などがいないので、死体は食い散らかされずに屍蠟《しろう》化していく。対して水から出ている部分は腐敗が進み、すでに青色を呈している。

それでも観察水槽に入れた死体より、タカオのほうが快適そうだ。

晩期死体現象のデータを取る方法を、永久はスサナから学んだ。幼かったのでそれを学習と思ったことはなかったが、今にして思えばスサナは優秀な教師でもあった。最初に教わったのは献体に固有名称をつける姿勢で、彼女は家族のように献体と接した。だから永久もそうしている。この人たちへの感謝を込めて。

ところがこれが捜査になると、被害者よりも犯人に感情移入しろと教わるらしい。被害者に感情移入しすぎると、なんでも怪しく思えて目が曇る。それが原因となって誤認逮捕を生まないように、罪を犯した側の思考を冷静にトレースする必要があるというのだ。でも、普通の人にそんなことはできない。普通の人は殺人願望なんて持っていないから。刑事ですら首を傾げるほど不可解で猟奇的な事件が起こった場合、犯人側の思考の動きを考察してアドバイスしているのが永久の保護者の中島保だ。

小川でタカオのデータを取り終えたら建物に進む。タカオは身元不明者だ。ほんとうの名前がわからないから、スサナのお気に入りだった献体のタカコに似せてタカオと名付けた。彼がその名前を気に入ってくれたかどうかは、わからない。

建物内では、バスタブやクローゼットや密閉ボックスなど、居住空間内で死体がどうなっていくかを調べている。建物と外との中間にあるベランダにいるのがタカコで、すでに白骨化したので椅子に敷かれたクッションの上に積んである。

「おはようタカコ」

永久は検知器を骨に当て、水分や成分のデータを採った。骨を舐めると、舌に貼り付かずにスルンとしている。

「ねえタカコ。今日がぼくの誕生日って知ってた？　知らないよね、話したことないもんね」

別の欠片《かけら》をつまみ上げ、確認してからクッションに戻した。

「ここへ来たとき、ぼくは十歳くらいだったと思うんだ。タカコはずいぶん小さくなったね。あの頃はまだ皮膚もあったし、椅子に座っていられたのにね」

データを取りながら、彼女たちと自分は似ていると思った。自身も定期的にデータを取られているからだ。日々数値を記録され、数日おきに血液を採られ、細胞を調べられている。なぜって、永久はクローンだから。

携帯端末に数字を打ち込み、写真を撮って、別の献体の許へ行く。死体に発生する虫や細菌など、調べることはあまりに多い。普通の少年のように学校へ通うことはないけれど、知識ならここで、探究欲の塊のような研究者たちから学べる。

仕事をしていると時間はどんどん過ぎていく。それでも永久は手を抜けない。大分改善されたとはいえ、不完全恐怖という強迫性障害を持っているせいだ。

十六歳になった今日、それでもぼくは変わると決めた。運命や、かりそめの両親からの虐待で形成された自分を捨てて、変わるんだ。

冷や汗を搔《か》くほど頑張って、永久はいつもより早く仕事を終えた。

ドームを出ると雨は激しくなっていて、顔や体を容赦なく濡らした。

「スサナまたね」

額に流れる水を拭《ぬぐ》って、永久は死体にそう告げた。

見上げると、降り注ぐ雨は輪のようだ。幾粒かが目に入り、コンタクトレンズを少し浮かせた。目をしばたたいてレンズを安定させると、永久はハイビスカスの茂みを離れる。なりたい自分になるのなら、うかうかしてはいられないのだ。

第一章　優しい他人と鬼畜の犯罪

「外へ出る？」

落ち着いた色彩の研究室で、心理カウンセラーの中島保は丸メガネを持ち上げた。前髪の下から覗《のぞ》くレンズの反射が表情を奪っても、保が不穏な感じをまとうことはない。彼は白衣の下に白いハイネックシャツを着て、白いパンツを穿《は》いている。

ここのスタッフはみな白い服を着ているけれど、中でもタモツが一番似合う。タモツは心も白いから。

ボディファームから戻った永久が『外出』したいと伝えると、保は驚いたような、眩《まぶ》しいような、そう言われることを予期していたような表情をした。センターに収監されて以来初めて『外』へ出たいと意思表示をしたからだ。

「だから珍しく黒いTシャツだったのか……『外』へ出るのはいいことだよ」

そう言って腕組みすると、保は首を傾げて永久を眺めた。

「うん……だけど永久くん、出かける前にシャワーを浴びて、別の黒いシャツに着替えたほうがいいと思うよ」

「なんで？」

訊《たず》ねると白い歯を見せる。

「ボディファームの臭いがするから。そのまま出たら野良猫に追いかけられたり、すれ違う人をビックリさせると思うんだ。普通は嗅《か》がない臭いだし、いい匂いとは言い難い……ハッキリ言うとクサいから」

白衣の袖《そで》を嗅ぎながら、永久は呟《つぶや》く。

「自分じゃわからない……ぼくは臭いに慣れすぎてるのかも」

「そうだね」

はにかむみたいに保は笑い、

「どこへ行く予定なの？」

と、訊《き》いた。詮索《せんさく》したいわけじゃなく、純粋に興味があるのだというふうに。

「まだ決めてない。知らない人に会いに行く。誰かに新しい名前を聞いて欲しくて」

白衣を脱ぎながら答えると、保は「そうか」と頷《うなず》いた。

「新しい名前はなに？」

「ＯＮＥ」

はっきり告げると、保は眩《まぶ》しそうな顔をした。

十六歳になったら名乗ると決めていた名前だ。今までの自分は無価値で無力なZEROだったから、今日からONEに変わっていくんだ。

光の位置が少し変わって、丸眼鏡の奥の目が見えた。保はスッと目を細め、微笑むと永久に向かって両腕を広げた。その胸に、永久は抱きしめられにいく。

昔は保が屈《かが》んでくれないと首に腕が回らなかったが、今では自然に抱き合える。両親が一度たりとも与えてくれなかったぬくもりを、こうして永久は摂取する。人の身体は温かく、接触すると安心できて、ハグでストレスが緩和されると教えてくれたのは彼だ。ありのままの永久を受け入れて、真正面から衝突し、一緒に泣いて、苦しんで、人間らしさを教えてくれた。完璧《かんぺき》な人間なんていないこと、失敗が無価値を意味するわけではないことも、すべて彼から教わった。泣き虫で不完全な保を好きになるたび、自分の不完全さも許せるようになったのだ。

「お誕生日おめでとう……ONE」

ボディファームの臭いが染みついた髪に鼻を埋《うず》めて保は言った。

彼の声にはいつも心がこもっているが、永久にはまだそれができない。思い遣《や》りや案じるそぶりは覚えたけれど、それは仕草で、感情ではない。タモツは『フリ』が下手だけど、いつも心を感じさせてくる。ぼくはどんなフリでもできるけど、それはやっぱり借り物だ。ゆっくりでいいとタモツは言うけど、時間はあまりないんじゃないかな。クローン羊のドリーは平均寿命の半分ほどしか生きられなかったはずだから。クローン技術の研究が進んでドリーの兄弟羊も生まれ、ドリーがクローンだから早死にしたわけではないとわかっても、本当のところはまだ謎だ。ぼくは平均寿命の半分ほどで劣化するかもしれないし、普通の人と同じように老化するまで生きるかもしれない。確かなことは何もない。

自分の誕生が忌まわしいだけのものではなかったのかもしれないと、永久はようやく思えるようになってきた。人殺しのぼくでも無価値じゃないとタモツが言うなら、そうかもしれない。過去を変えることはできないけれど、償うことならできるとタモツが言うなら、できるのだろう。なぜならタモツも人殺しだから。

償うためにタモツは脳の研究をして、ぼくみたいな人間に心を与えたいと言う。愛された記憶を入れてあげれば愛を知り、自らを愛して他者も愛せるようになるはずだって。はじめにするべきは自分自身を愛することだと教わったけど、でも、それが難しい。ぼくに心はできただろうか、わからない。そもそも心がわからない。けれど、でも、ここへ来てからドキドキは覚えた。胸のあたりがキュッとして、胃からなにかがせり上がってくる気持ちになることもある。そういう気持ちになるときは、大丈夫かな、とか、これで成果が出るのだろうか、とか、大抵は自分のことだけを考えている。そして気付いてしまうんだ。ぼくという人間の奥底には、巣穴から獲物を狙う猛獣みたいに獰猛《どうもう》な何かが潜んでいる。

もしもそれが心なら、ぼくは心を持ってもいいの？　ねぇタモツ。

と、永久は頭の中だけで訊く。

ぼくは自分が何者なのかを知りたい。なぜ生まれ、なぜ生きなきゃならないのかを知りたい。ぼくは無価値なZEROだったけど、本当の意味でONEになりたい。

いま、苦しいほどそれを知りたいんだよ。

芝生だけの殺風景な庭を過ぎ、施設を囲む塀の一角にある守衛室で電子通行証とアナログの外出届を両方出して、永久はセンターの外へ出た。

風と雨の匂いがした。

収容されてから初めて味わう施設の『外』は鬱蒼《うっそう》と樹木が茂るスペースで、その先が駐車場になっていた。広い駐車場の奥に病院が建っていて、院内を通って敷地を抜け出す。小降りながらも雨はまだ、霧のように降っていた。

永久は現金を持っておらず、カードが一枚あるだけだ。カードはセンターが管理していて、どこへ行って何を買い、どんな交通機関を使ってどこへ移動したかまで、すべてを記録されているけれど、プライバシーの侵害だとは思わない。一般人でもスマホのアプリなどを通して情報が抜かれることがあるわけだから。

センターの中でも外でも、雨の降り方に変わりはなかった。けれど道路脇に草が生え出していたり、アスファルトにヒビ割れがあったり、飲み物の自販機が置かれていたり、緑地帯にペットボトルや空き缶が捨てられたりしているのを見ると、永久は密《ひそ》かに興奮した。センターではすべてが管理されていて、雑草があるのはボディファームだけだし、ゴミが落ちていることなどないし、自販機もないからだ。

ああ、懐かしいな、こんなだった。覚えてる。

子供のころに住んでいた家は洋館で、もとは教会の建物だった。通り向かいにマンションがあって、一階がコンビニで、隠れてお菓子を買ったりしていた。家の裏庭が荒れ放題で、『うち捨てられた庭』と呼んでいた。内緒で飼った子猫をパパに殺され、猫は無価値だと信じさせられた。そのあと自分でも猫を殺したけれど、可哀想とは感じずに、正しいことをしたと思った。でもそれは、たぶん異常な行動だった。ぼくはただ、無価値なものを遠ざけたかっただけなんだ。自分を無価値と思っていたから

……また胸の奥がキュッとした。

永久は呼吸し、道路を進んでコンビニを探した。

外の景色は煩雑で、様々なものが存在し、目眩《めまい》を感じるようだった。数年で街がど

う変わったか、永久にはよくわからない。昔の記憶は朦朧《もうろう》として、ときおり連れて行かれた山里の風景だけが鮮明だった。折り重なる木々やカタクリが咲く遊歩道、夜の匂いと緑の空気。神社の暗がり。石灯籠《どうろう》。それらは殺人の記憶と交錯し、生きた証《あかし》として心にあった。そのほかは、たとえば一度も自分を正視しなかった母親や、教育熱心なフリをしていた父親の記憶は影を見るように覚束《おぼつか》なくて、やんちゃだった弟の顔だけがときおり脳裏をかすめる程度だ。

最も鮮烈な記憶は折檻《せっかん》されて閉じ込められた地下室だったが、最近はあまり思い出さなくなったから、忘れる術《すべ》を学んだのだろう。その地下室には我が子を喰《く》らうサトゥルヌスの絵や、髪が蛇のメドゥーサの像、血だらけの人が責められている地獄の絵、中世の拷問道具なんかが並んでいた。壁や床が湿った石や鉛でできていて、美術品を保護する赤いライト以外に光はなくて、寒くて、臭くて、広かった。

「ふう」

思い出しそうになって呼吸を整えた。

あんなのは過去だ。地下室も家も燃えてしまって、もうないはずだ、大丈夫。

しばらく歩いて振り返ると、センターの手前に建っている病院が見えた。周辺に高いビルはなく、果樹園や畑が広がっている。ぶらぶら歩いているとバスが来たので乗ってみた。土曜日なのに、運動着にスポーツバッグの生徒がいる。部活というヤツだと思う。高校へ通う年齢なのに同年代の誰かを見るのは数年ぶりだ。センターの子供は永久だけだから。

もしもあのまま外にいたなら、あと何人殺していたかな。

でも、もうやらない。タモツをがっかりさせるから。

バス停で生徒たちが降りていくのを、永久は車中に立って見送った。次第に強くなる雨に、道行く人が傘をさす。そうか、雨の日には傘をさすんだ。センターでの生活が長すぎて、傘のことなんか頭になかった。

特殊偏光ガラスで覆われた施設に雨は降らない。ボディファームには自然の雨が降るけれど、それもスサナのいる場所だけだ。ファームの住人は濡《ぬ》れても文句を言わないばかりか、濡れたことすら、もうわからない。研究者たちは研究以外に興味がないし、殺人鬼の永久とも平気で接する。そうか……あれは特殊な場所だったんだ……と、車窓を眺めて考える。『普通』がどういうものかなんて、考えもせずに暮らしていた。そもそも『普通』ってなんだろう。赤ん坊のぼくと地下室にこもって泣き暮らし、やがてはぼくを閉じ込めて、勝手なときだけ外へ連れ出し、見世物のように扱った両親は『普通』かな、違ったんだろうか。

終点でバスを降り、目の前にあった駅へ入った。センターの人はみな白衣なので、行き交う人々のカラフルな傘や服に戸惑いを感じた。雑多な音や様々なサインなどの情報が、一気に脳に流入してくる。その騒々しさには戸惑うばかりだ。

人波を漂うことに疲れて電車に乗った。

こんな世界に、ぼくは生きていたんだろうか。もう忘れてしまっている。駅に比べれば車内は静かで、みんなスマホをいじっているから、列車の音とアナウンスしか聞こえない。乗客たちが、時々永久を盗み見ている。シャワーを浴びてきたのに臭うんだろうか。トンネルに入ると鏡になった車窓に自分が映った。いつもは意識していないから、改めて自分を見るとギョッとする。濡れて額に落ちかかる髪、その下から覗《のぞ》く目は、コンタクトのせいで瞳《ひとみ》が黒い。磁器のように白い肌、薄い唇は芸術家がこねて作った人形みたいだ。若い女の子が数人いて、ぼくを見ながらクスクス笑う。振り返ると目を逸《そ》らし、またクスクスと笑い声を立てる。

適当な場所で電車を降りた。

こぢんまりとした印象の街だった。寂れたふうの建物や、懐かしい感じのスーパーがあって、うつむき加減の人々が視線を合わせないようにして行き過ぎる。あちらこちらで工事をしていて、歩道は狭くてゴミゴミとして、それを抜けて行くと、人いきれや食べ物の匂いに混乱した。静かで色がなく一定の明るさのセンターとは別世界。歩道を歩く雀やハトさえ他人行儀に思われた。人を探して歩き続けて、人通りの多い場所にようやく出れば、今度は喧噪《けんそう》に戸惑った。

疲れて逃げ込んだ路地の奥には川が流れて、脇に小さな公園があり、花壇にバラが咲いていた。散った花びらが路面にはりつき、遊歩道がピンク色になっている。

永久は雨宿りをするため公園に入った。

東屋《あずまや》を叩《たた》く雨の音を聞きながら、ハンカチとか、ティッシュとか、普通の生活に必要だったものを思い出してみた。外に出ようと決めたらすぐに、考えもせずに施設を出たけど、カード以外に必要なものを思いつきもしなかった。傘の存在なんか忘れていたし、ハンカチ一枚持ってもいない。ものを思いつきもしなかった。センターにはエアタオルが完備されているからだ。収容されるまでこっちの世界で暮らしていたのに、何もかも忘れた。

こっちの世界……と、永久は周囲をぼんやり眺めた。

あのころのぼくは強迫性障害のせいで、何が足りていないとか、決まった場所に置かれていないとか、置かれた物が曲がっているとか……とか、いつも神経がピリピリしていた。価値あるものだけが尊くて、そうでないものは許せなかった。そしていつも怖かった。ぼくこそ無価値とわかっていたから。

誰もいないベンチに腰掛けたまま、両膝《りょうひざ》の間で指を組む。

汚れたベンチに直接座れる日がくるなんて、思ってもみなかった。ズボンの尻《しり》に汚れがつくこと、片方の靴下がずり下がること、約束の時間に遅れることや、食事の時間が変わること、絵画や拷問道具が斜めになってしまうこと……こと……こと、何もかもが許せなかったし、怖かった。あの感覚はどこへ消えたんだろう。それとも隠れているだけなんだろうか。深く、深く考えてみる。

初めは比奈子《ひなこ》お姉ちゃん、タモツに、ミクに、死神博士……誰かが自分を受け入れてくれるたび、恐怖は減っていった気がする。でもその代わり、別の恐怖が生まれ始めた。彼らに拒絶されたらどうしよう。その思いはひとりぼっちだったときよりも切実に胸に迫ってきた。タモツがそばにいてくれたから、こっちの世界にとどまれる。タモツやみんながいなかったなら、ぼくは暗闇を出られなかった。

雨の音は激しくも眠気を誘うかのようで、東屋の庇《ひさし》から滴る水はボロボロのカーテンのようだった。この公園にも防犯カメラはあるのかな。永久は友人の金子未来《みく》のことを考えた。

ミクはモニターの前で一日中、貪《むさぼ》るようにネットの情報を摂取している。ハッキングが得意だからIDでぼくを追跡し、防犯カメラの映像を追いかけて、ここを観ているかもしれない。

永久は公園の防犯カメラを探し、見つけてそれに手を振った。

ミクに向けたつもりだったのに、相合い傘で公園にやってきた母子《おやこ》連れの子供のほうが、不器用に立ち止まって手を振り返してきた。幼稚園児くらいの女の子で、黄色い長靴を履いている。母親の傘に入っているのに、胸には傘を抱きしめていた。

二人は東屋まで歩いてくると、永久に向かって微笑んだ。

こういう場合は微笑み返す。すると、

「こんにちは」

と、舌足らずな口調で女の子は言った。

「……どうも」

と、永久も頷《うなず》いた。だがそれだけで、言葉が出ない。昔は口から出任せに、相手が喜びそうなことを何でも言えたものだった。けれどタモツに『責任』を教えてもらってからは、昔のようにはできなくなった。昔は相手と自分が同じ世界にいるなんて思わなかったし、責任の意味すら知らなかったから、それでよかったのだ。

東屋の下で傘を畳むと、二人は永久の前へ来た。

「ど、う、ぞ」

まるで台詞《せりふ》のように言い、女の子が、抱えてきた傘を差し出した。

意味がわからず母親を見ると、彼女は東屋の向こうへ首を振り、

「私たち、そこのマンションに住んでいて、この子が窓から公園を見て、『あのお兄ちゃん、傘ないよ』って……『傘がなかったら風邪ひくよ』そう言うので来てみたんです。よければこの傘を使って下さい。使い捨てなので返さなくていいですから」

永久はますます驚いた。

「傘をくれるんですか？　ぼくに？」

女の子は懸命に傘を持ち上げている。透明でチープなビニール傘だ。見ず知らずのぼくに、どうして傘をくれるんだろう？　濡れようと風邪をひこうと関係ないはずなのに、どうしてわざわざ雨の中、ここまで歩いて来たのだろう。もっと小さかったときでさえ、ママたちはぼくを地下室に閉じ込めたまま、様子を見に来もしなかったのに。

「お兄ちゃん、どうぞ――」

女の子が、さらに一歩近寄ってきた。

「――風邪ひいちゃうよ」

永久はおずおずと手を伸ばして傘を受け取った。とたんに女の子は母親の陰に隠れて、傘をもらった永久よりも、ずっと嬉《うれ》しそうにニコニコ笑った。お下げ髪をリボンで結び、小さな前歯は抜けている。どこからか、シャン、と小さな音がした。

「それじゃ、これで」

と、母親が言った。

永久はおもむろに立ち上がり、返すべき言葉を懸命に探した。

「あ……あの……」

空気が喉《のど》に引っかかる。言うべき言葉はわかっている。だけど心が伴うと、伝えることは難しい……タモツはどうしてこれを自然にできるんだろう。嘘ならいくらでも吐けるのに、本当の気持ちは喉に詰まって鼻の奥が痛くなる。

「あの……ありがとうございます」

上手《うま》く言えないので頭を下げた。

母子は柔らかく微笑んで、相合い傘で帰っていった。

ミク、観てた？　二人がぼくにしたことを。ぼくに傘をくれるって。

「バイバーイ」

と、公園の出口で女の子が手を振った。バイバイを返すと、その歩調はスキップになった。黄色い長靴がカプカプ鳴って、会釈しながら母親も行く。

「ぼくは……あの……」

残念、新しい名前を伝えそびれた。

ぼくはONE。ビニール傘をありがとう。

心で言って、傘を開いた。透明なビニールを通すと景色はわずかに歪《ゆが》んで見えて、フィルターがかかったようだった。東屋を出ると雨粒が傘に弾《はじ》けてパタパタ鳴った。優しくて、いい音だ。永久はすぐには歩き出さずに、しばし音に聞き惚《ほ》れた。

日が暮れて街灯が点《つ》き、濡《ぬ》れた路面に明かりが映り込むまで外歩きを楽しんだ。

街で同年代の少女たちに声を掛けられたので、会話した。名前を教えて欲しいと言われてONEと答えると、『韓国人なの？』とか、『中国人？』とか、頓珍漢《とんちんかん》な感想を聞かされた。永久のオリジナルはロシア人だが、誰かと親しくなろうとするときに国籍を問われる意味がわからない。センターには国籍も履歴も専攻も、趣味や嗜好《しこう》や犯罪歴も多種多様な人たちがいるけれど、誰も詮索《せんさく》したりしないから。

連絡先を聞かれても答えず、少女たちの連絡先も『いらない』と断った。

繁華街では『きみ、芸能界に興味ある？』と、訊《き》いてくる大人に出会った。興味がないのでそう言うと、名刺を渡してきたのでその場で捨てた。

そして突然理解した。彼らはぼくの容姿に興味があるだけなんだ、中身じゃなく。

ぼくはONE。人殺しだけど、話を聞きたい？　そう答えたら、女の子たちや怪しい大人はどうするだろう。考えて意地悪な気持ちになった。いけないことを敢《あ》えてするのは快感だ。胸の裏側がザワザワとして、この世に存在している自分を実感できる。

たくさんの人とすれ違い、様々な音を聞き、街に溢《あふ》れる色を見た。そろそろセンターに帰ろうと駅を探しているときに、みすぼらしい服を着て髪も髭《ひげ》も伸びたお爺《じい》さんが、空き缶や雑誌を山と積んだカートの脇にうずくまっているのに気がついた。雨は荷物に降り注ぎ、お爺さんも濡れている。

「……すみません」

永久は老人に近づいた。

老人は夢の続きを見るような動作で顔を上げ、永久に向かって目を瞬いた。

「濡れると風邪ひきますよ。よければこれ、使ってください」

母子と同じ言葉を告げて傘を出す。

無反応だったので屈《かが》んで手を取り、傘の柄を握らせた。シャン、と小さな音がした。

老人からは饐《す》えた臭いが漂ってくる。この人、もう長くないんだ、と永久は思った。ボディファームの住人たちが、来たばかりの頃に発する臭いに似ている。まだ新鮮な死の臭い。傘をくれた女の子とは正反対の臭いだ。

老人は動かず、礼も言わない。でも、かまわない。公園の母子同様に、ぼくが誰かにいいことをしてあげるのが重要だ。

老人が傘を握ったとき、女の子のように嬉しくなることを期待したけど、そういう感情はまったく湧いてこなかった。表面だけ真似てニコリと笑ってみたけれど、バカバカしいのですぐやめた。あんな笑顔はぼくにはできない。内面から溢れ出る幸せの顔、天使のような微笑みは。

永久は立ち上がり、一礼してその場を去った。そして濡れながら駅へ向かうとき、少しは新しい自分になれただろうかと考えていた。

ささやかな誕生祝いはセンターに戻ってロビーのカフェで保とやった。犯罪歴のあるコックがケーキを焼いてくれ、保から誕生日のプレゼントをもらった。それはオシャレな偏光メガネで、外出するときに使うといいよ、と保は言った。偏光機能が特殊な瞳《ひとみ》を隠すから、コンタクトよりは目に優しいと。

「タモツは、ぼくが外で単独行動しても不安じゃないの？」

メガネの掛け心地を確かめながら訊いてみた。

「なんで？　まさか迷子になったりしないだろ」

「そうじゃなく、ぼくがまた人を殺さないか……とかさ」

すると保は柔らかく微笑んだ。

「殺したい人がいる？」

「……今はいない」

保はゆるく頷《うなず》くと、フォークの先でバースデーケーキを削り始めた。

「殺意を抱く可能性は誰にでもあるよ。でも、実際に殺すこととは違う」

「それは、今なら、ぼくにもわかる」

保はまっすぐに顔を上げ、しばらく無言で永久を見つめた。それから慎重に言葉を選んで静かに言った。

「……善悪の境を越えるとき……最初は高い壁がある。越えたら先は下り坂……転がるように落ちていく。永久くんもぼくも壁を越えたね。だけど転がり落ちていくとき、大丈夫か？　って、訊いてくれる人と出会って踏みとどまれた。そのことを忘れないなら大丈夫だよ――」

タモツの場合は比奈子お姉ちゃんで、ぼくの場合がタモツだね。

「――踏みとどまった場所から見上げると、随分落ちてしまったなと思う。元の場所へ帰るためには登っていくしかないけれど……登りきれても同じ景色はもうないよ。だから登って、登って、もっと登って、新しい景色を創るしかない。約束したね？　自信を持つこと、責任を持つこと、生きること」

「うん。した」

「だからぼくはきみを信じる。きみはもう徒《いたずら》に人の命を奪わない。殺人は責任を持てない行為だし、きみは自分と闘って、本当の意味でONEになるわけだから」

ONEになる。

今日、ぼくはひとつだけいいことをしたけれど、それで変われるわけじゃないってことだね。

居住ブースへ戻ってみると、永久宛《あて》にメールが二通来ていた。

一通は『比奈子お姉ちゃん』からで、彼女は八王子《はちおうじ》西《にし》署の刑事だったが、現在は郷里の長野で保の子供を育てている。別の一通は永久が『死神博士』と呼ぶ東大の法医学者からで、二通とも誕生日を祝うメールであった。読みながら考えていると、

「どうかした？」

と、保が訊いた。

「どうもしない……比奈子お姉ちゃんと死神博士に『誕生日おめでとう』と言われて考えていただけ」

「そうか。何が気になるの？」

カウンセリングルームの隣にある研究室で、永久は保を振り向いた。黒いカラコンを外した永久の目は、夜行動物のように光っている。オリジナルはタペタムに異常があって、暗闇でも目が見えたのだ。

「ヒトクローンのぼくを創るためには、たくさんの人が犠牲になったわけだよね……それでも『おめでとう』なのかなって」

保は寄って来て肩に手をかけた。

「ほかの人の気持ちを案じているの？　そうか……すごいな」

「案じてはいない。不思議なだけだよ。何人も犠牲にして生まれたぼくは、『おめでとう』でいいのかな」

「誕生に関して言うのなら、きみにはどうすることもできなかったよ」

「そうだけど、普通は憎まない？　ぼくのこと」

保は永久の頤《おとがい》に指を掛けて自分に向けると、

「憎むだろうね」

と、正直に言った。

「何人もの少女が母胎にされて、胎児が育たなければ殺されたんだ。遺族がその事実を知ったなら、憎む人も出てくるだろう。きみには罪がなくっても」

罪なく生まれたクローンは、その後、自分の意思で人を殺した。

殺人衝動はオリジナルから受け継いだものではないとタモツは言うけど、ぼくが殺人者だったのは事実だし、最初に人を殺したときも、知識として悪いことだと知っていたのに、やったんだ。

「じゃ、やっぱりおかしいね。ぼくの誕生はおめでたくない」

「比奈子さんも石上《いしがみ》先生も、もちろんぼくも、きみのことが大好きで、永久く……ONEがいてくれることが嬉《うれ》しいし、幸せなんだよ。そういう主観を伝えちゃダメかい？　きみがまたひとつ歳を重ねたことを喜んで、次の一年を祝うのは不愉快？」

しばしば永久は素直に好意を受け止められず、意地悪で真意を確かめたくなる。

「不愉快じゃない……でも、みんながぼくを好きなのは、実験動物として、だよね。ヒトクローンのデータがとれるから」

「そうじゃないよ」

そんなときでもタモツはいつも冷静に、誠実な声で答えてくれる。

「きみは実験動物なんかじゃなく、立派なひとりの人間だ。誰かがきみを『奇跡のヒトクローン』と呼んだとしても、ぼくにとってはそうじゃない。家族だよ」

「嘘だね。タモツの家族は比奈子お姉ちゃんと子供じゃないか。ぼくはタモツの家族じゃないよ。ぼくに家族は一人もいない。クローンだから」

「なら言い方を変えようか。血のつながりはなくても、きみは大切な家族だよ。いつだってぼくの一番近くにいて、ぼくを救ってくれた恩人だ。ONEがどう思おうと、きみなしで今のぼくは存在しない。きみがぼくを創ったのだし、そういう意味でぼくらは家族だ——」

永久は答えず、唇をキュッと噛《か》みしめた。

「——それに、奇跡とひと口に言うけれど、男女間の性交によって生まれる命だって、三億分の一の確率で受精する奇跡なんだよ。命の領域に人は無力だ。だから誕生はおめでたい。嬉しくて、幸せなことだよ」

「みんなそうとは言えないよ。知ってるでしょ？　ぼくが殺した子たちは虐待されてた。初めからいらない子だったんだ。それなのにどうして三億分の一を繰り返して産んだの？　いじめて捨てて死なせるために……人間はバカなの？　セックスで子供ができるって知らないの？」

保は自分が責められたような顔をした。

「助けがいるんだ。親の方に、むしろ」

その通りだと永久も思う。自分の『親』もそうだった。レイプ同然の目に遭ってクローンを孕《はら》まされ、異様な瞳の子供を産んだ。痛みは今も永久の中にある。

「ONE。ぼくに明快な答えがあって、きみにそれを伝えられたらいいんだけれど、ぼくは答えを出せずにいるんだ。もしかしたら、答えは一生見つからないかも……」

タモツはいつも誠実に答えようとして言葉を選ぶ。そういうときの自分がどんなに悲しい顔をしているか、ちっともわかっていないんだ。でもその表情は、痒《かゆ》いところに手が届いたようにぼくを安心させてもくれる。タモツも罪人なんだと思い出させてくれるから。

「人は変われるし、ぼくは変わった。きみも変わったね？　友だちができたろ」

ミクのことを言っている。生きた人間の友だちはミクだけだ。

保は永久の肩に掛けた手に力を込めた。

「人殺しも、今も、どっちもきみだよ、全部がきみだ。それも含めてぼくたちは、きみを大切に思っているよ」

「わかった」

と、永久は答えた。この場合の『わかった』は、とりあえずの『わかった』だ。

自分が自分を大切に思えないのに、どうして素直に受け取れるだろう。傘をくれた女の子みたいに本心から微笑んで、『うん。ありがとう』と答えられたらいいのだけれど、永久は会話を打ち切った。答えの出ない問題を、もっと探して悩んでみたい気分だったのだ。

「二人になんてメールを返すの？」

訊《き》きながら保はその場を離れ、彼が研究室のドアを出る寸前に、ようやく永久は返事をした。

「うーん……やっぱり『ありがとうございます』にしようかな。あと、外に出たって言ってみる。知らない人から傘をもらってビックリしたって伝えるよ」

保は少しだけ振り返り、ニコリと笑って出て行った。

その傘をホームレスの老人にあげたことは書かないでおく。公園の母子がしたことと、自分が老人にしたこととでは、動機が違う気がするからだ。

午後十一時過ぎになると、保は比奈子とリモートで話す。以前はセキュリティが厳しくて外部との接触は制限されていたのだが、現在は事前に登録した相手との通話が許可されて、週に何度かは会話ができるように改善されたのだ。

その声を、永久は別室で聞いている。

消音で通話もできるのに、保は敢《あ》えてそうしない。コミュニティから閉め出されて育った永久は疑心暗鬼を生じやすく、阻害されることを極端に恐れる。だから永久が会話に参入しないときでも、保はすべてをオープンにする。

「彼とロビーでケーキを食べたよ。メールが行った？　うん。そう。一人で外出したんだよ。雨だったから濡《ぬ》れて帰ってきたけどね。ぼくも迂闊《うかつ》だったんだ。ここでは傘が必要ないから」

保は誕生日の話をしている。

コックが焼いてくれたのは若草色したピスタチオのケーキで、甘さ控え目で美味《おい》しかった。昔はシロップたっぷりのパンケーキやアイスクリームが好きだったけど、食べ過ぎて欲しくなくなった。ここのコックはそれをよく知っていて、ぼくが食べるときはコッソリ様子を窺《うかが》って、目が合うと満足そうに笑うんだ。

保はカウンセリングルームのパソコンで比奈子と会話し、永久は研究室のカウチで耳をそばだてている。ベッドルームもあるが、永久はカウチで寝るのが好きだ。柔らかすぎず、硬すぎもしない、人肌に温められた特別なカウチに抱かれていると、比奈子と出会った日を思い出す。彼女を刺したことまでも。

血がたくさん出ていたのに、比奈子お姉ちゃんはぼくの手をしっかり握って離さなかった。パトカーのサイレンが近づいて、警察が来るってわかったけれど、ぼくも逃げたりしなかった。彼女の意識がなくなったとき、今度はぼくが手を握り、救急車が来るのを待ったんだ。

永久はカウチで向きを変え、両足を曲げて丸くなる。

「うん……うん……永久くんなら大丈夫。今日からONEと名乗ってる。そう、ONEだ。ZEROじゃない……懸命に変わろうとしているんだよ。ここで大人ばかりに囲まれていたせいで、彼の思春期は比較的穏やかに始まった。軋轢《あつれき》がないから擦《す》れることなく、むしろ素直に成長して……頭のいい子だから心配はしていないけど、外に出るのは大切だよね。ここで学べるのは知識だけ。同年代の仲間がいないセンターは、『衝突』がないわけだから」

衝突がないってどういうことかな。衝突は悪いことじゃないのかな。

自分の話題が出てくる頻度で、永久は保と比奈子の自分に対する愛情を測る。二人の世界に自分はいるのか、二人の間に生まれた子供に自分の価値が負けていないか、心配で知りたくなってしまうのだ。二人の息子はもうじき三歳。正真正銘望まれた命だし、一番かわいい頃だと誰かが言った。名前も教えてもらったけれど、絶対に、覚えてやらないと決めている。永久は目を閉じ、二人の会話に耳を塞《ふさ》いだ。

以前、タモツのデスクにはイチゴキャンディーの包み紙が飾ってあった。けれども今、その場所には家族写真が置かれている。ぼくはそれを見たことがない。デスクの前を通っても、フォトスタンドは見ないようにしている。通話の最後はいつだって家族同士の話で終わる。タモツはそれに気が付いてもいないんだ。

息子の様子を比奈子に問うとき、彼女がそれを語るとき、自分の声がどんなに優しく響くのか、その変化を永久がうらやましく思うことすらわかっていない。

「ほんと？　トワって覚えたの？　すごいな。次に会えたら彼のことがわかるかな……ぼくも会いたい……きみたちに」

いつもありがとう、と保が比奈子に告げたときも、永久は耳を塞いでいた。

タモツの子供とぼくとは違う。あっちは愛の結晶で、ぼくはシリアルキラーのクローンだ。あっちは一人の人格で、ぼくはオリジナルが生き延びるための器に過ぎない。オリジナルは残忍に命を奪うのが好きで、タモツはそれと正反対。オリジナルが生んだのは憎しみと悲しみで、タモツと比奈子お姉ちゃんが生んだのは人の命だ。だけどね、タモツ。ただ徒《いたずら》に命を生む人だっているよ。ぼくが殺した子供はみんな、そんな親から生まれたんだよ。ぼくがやらなくても、あの子たちは死んでいた。長い間苦しんで、時間をかけて死んだはずだよ。子供は親を選べないから。あの子たちは親のせいで苦しんでいた。でもぼくは、あの子たちに残忍なことをしなかった。バラバラにしたのは死んでからだし、楽に死ねるようスキサメトニウムを使って、死ぬまでずっと抱きしめてあげたよ。死体を飾ったりしたわけは、あの子たちの親が何をしていたか教えるためだ。悪いことはしていない……ぼくは、ずっと、そう思っていたんだよ。

睡魔が静かに忍び寄り、永久はボディファームの夢を見る。

住人たちはお世辞にも健康的な見かけじゃないけど、それは恐怖や苦しみのせいではなくて、ただの自然現象だ。初めてファームに行ったとき、『ここ臭い』と顔をしかめると、スサナは言った。

――たしかに。でも、これはいいニオイ。静かな死の匂いだからね……ボーイは本当の悪臭を知らない。生きたいのに殺される人のニオイは凄《すご》いよ。日本人は幸せね。恐怖と絶望のニオイを知らないんだから――

その凄《すさ》まじい悪臭は、犯罪の痕跡《こんせき》を清掃して消した後ですら犬を怯《おび》えさせて脱糞《だっぷん》させるとスサナは言った。一度嗅《か》いだら脳に染みつき、生涯忘れさせてはくれないのだと。ハイビスカスの茂みで、白骨化したスサナが微笑む。

——ボーイ、今の私は幸せよ。もう恐怖のニオイに怯《おび》えなくていいからね——

幸せ……とスサナが言うのを聞きながら、いつしか永久は眠りについた。

夢のスサナは公園で傘をくれた子の母親になっていた。


数日後。いつもの午後と同じように、永久は金子未来の部屋で本を読んでいた。部屋には金子の椅子しかないので、永久は床に直接座ったり、寝転んだりして時間を過ごす。ほとんど会話はしないけれども、永久がいると金子は精神が安定し、永久も気持ちが穏やかになる。壁一面を覆うモニターや機器が発する熱も、その音も、思い出したようにときおり唸《うな》る空調も、二人は一切気にしない。

起きている間中ずっと、金子は大型モニターに降るコンピュータ言語を眺めている。それを見るだけで金子にはどんな情報か理解ができるようだけど、永久はそれには興味がない。情報を知りたい場合は金子に頼めば呼び出してくれるし、コンピュータ言語の雨は太陽を反射して光ったり、水の匂いをさせたりしなくて、つまらない。

きりのよいところまで読んだので、顔を上げてセンター内部の監視映像を眺めていると、ロビーのカメラが三人の来客を映し出していた。

一人は白衣をまとった高齢女性で、ハイヒールを履いていた。ボブカットに銀縁眼鏡のその人は、監視カメラを見上げると二本の指をヒラヒラさせた。

「あっ」

と、永久は小さく叫んだ。

「死神博士が来た。厚田《あつた》警部補も一緒だ……タモツに用かな」

金子は返事をしなかったが、亀のように背中を丸めて監視映像を見つめている。

彼女は本名を石上妙子《たえこ》といって、東大法医学部の教授である。どんなに悲惨な遺体でも怯《ひる》むことなく司法解剖を行って死因を調べ、警視庁の犯罪捜査に協力している。その姿勢から付いたあだ名が死神女史で、まだ女史という言葉を知らなかったころに永久が付けた呼び名が死神博士だ。

同行する厚田警部補は死神女史のパートナーで八王子西署の刑事である。中肉中背でさえない風貌《ふうぼう》、髪は薄くてやや前屈《かが》み。それでいて『猟奇犯罪捜査班』を率いるやり手のボスだ。あだ名の『ガンさん』は本名の巌夫《いわお》からきているといい、二人が連れ立ってセンターへ来るときは難題がらみと決まっていた。

「でもさ、見てミク。知らない人が一緒にいるね。あれは誰？」

永久は立ち上がって金子の背後にまわると、肩に手を置いて監視映像を覗《のぞ》き込んだ。

死神女史とガンさんは、すらりと長身でショートヘアの若い女性を連れて来たのだが、永久は彼女を見たことがなかった。

「誰だろう」

もう一度言うと、モニターのひとつに画像が浮かんだ。写真付きの個人情報だ。

――堀北恵平《ほりきたけっぺい》、Horikita Keppei. 警視庁警察官、八王子西署刑事組織犯罪対策課刑事――

個人番号まで付いているのは、金子が警視庁のデータをハックしたからだ。

「ケッペイだって……変な名前」

永久は鼻に皺《しわ》を寄せて笑った。

三人はロビーを横切って別の棟へ入ると、エレベーターを呼んで乗り込んだ。庫内のカメラに階数ボタンを押す死神女史の指先が映る。やっぱり、保のカウンセリングルームがある階を押している。

「ぼく、行かなくちゃ。またねミク」

無反応な金子を残して、永久は部屋を飛び出した。

中島保のカウンセリングルームは、ドアに『TAMOTSU』と表示がある。『TOWA』という字も足そうかと、前に保が訊《き》いたけど、名前を変えたいと思っていたので「まだいらない」と断った。永久は足早に廊下を進んで、『TAMOTSU』のドアをノックした。

「どうぞ」

と彼の声がする。ここは永久の部屋でもあるけれど、ノックは必ずする決まりだ。取り込み中の点灯式表示もできるのに、センターではほとんどの部屋でノックを奨励している。

「こういう場所だからこそ、ノックするのが大切なんだ」

と、前に保が言っていた。ドアを開けると、アイボリーを基調にした明るい部屋に三人の客がいた。保がいるのはブラインドを背負うデスクのそばだ。挨拶《あいさつ》を交わしたばかりのようで、まだ誰も座っていない。

「来た来た」

と、死神女史が永久に微笑む。

「おう、坊主。久しぶりすぎて見違えたな」

ガンさんも首をすくめた。署内の愛称である『ガンさん』を、保と永久は使わない。ここでの呼び名は『厚田警部補』、もしくは『ハゲのおじちゃん』だ。十六歳になった今、さすがにそうは呼ばないけれど。

ガンさんの横で若い女性刑事が永久を見ていた。澄み切って大きな目、一生懸命に背筋を伸ばして、随分と緊張しているようだった。

「ぼくだっていつまでも坊主じゃないよ、厚田警部補」

皮肉な調子で答えると、ガンさんは苦笑した。

「十六歳になったってなあ？　石上先生から聞いたよ。俺も年取るわけだ」

そして若い女性刑事を紹介してくれた。

「こっちの彼女はな、この春うちに配属されてきた堀北って駆け出し刑事だ。偶然にも藤堂《とうどう》と同じ長野の出身で、使ってんのはやっぱり善光寺《ぜんこうじ》七味らしいぞ」

「堀北です」

と、新米刑事が腰を折る。

金子の部屋で情報を入手したことは黙ったままで、永久もペコリと頭を下げた。

「ONEです」

新しい名前を伝えると、堀北は不思議そうな顔をした。

「自分でつけた名前なんです」

保がさらりと補足して、三人に席を勧めた。

カウンセリングルームには、クライアントが使うカウチの他に応接セットが置いてある。死神女史が真っ先に三人掛けソファの中央に座ると、ガンさんは堀北に女史の隣を勧め、自分は一人掛けチェアに腰を下ろした。保は自分のデスクの椅子を、彼らから見て斜めの位置に引いてきたので、三人掛けソファと向かい合う二人掛けソファは空いている。

「コーヒー飲む？　ハゲのおじちゃん」

永久が訊《たず》ねると、堀北が驚いた顔をする。

「うそ冗談。コーヒーいかがですか、厚田警部補」

再び問うと、

「いいねえ。もらおうか——」

と、死神女史が先に答えた。

「——あたしはブラック」

「俺もブラックだ」

「私は……すみません。ミルクとお砂糖が欲しいです」

保が頷《うなず》くのを待ってから、永久はコーヒーメーカーを動かした。

「子供ってなあ、ちょっと見ねえと背が伸びるなあ。もうじきプロファイラーに追いつきそうじゃないですか」

ガンさんたちは保のことを、カウンセラーではなくプロファイラーと呼ぶ。彼らが来るのは事件がらみのときだけで、保の役目が犯人のプロファイリングだからだ。

ガンさんは新しい部下に目をやると、

「堀北。この少年は、若いが晩期死体現象と法医昆虫学の研究者なんだよ」

と、永久のことを紹介した。

「ここには国内最大級のボディファームがあってねえ」

死神女史が付け足して言う。

「ボディファームですか？」

「死体農場のほうがわかりやすいかい？　厳密に言うと、ＦＢＩとかが使う死体のデータは、日本じゃあまり参考にならないんだよ。日本の死体は日本の気候で調べないとね。永久少年はここでボディファームの管理を任されている」

「若いのに優秀なんですね」

堀北は目を丸くした。事情を知らないのだから当然としても、本気で驚いた顔をするので、随分わかりやすい性格だなと思う。刑事なら、もっと狡猾《こうかつ》にならないと。

「興味がおありなら、彼に頼めばボディファームを見学できますよ」

保が親切に言って永久を見る。

彼女は死体を見たいだろうか。見学させてもいいけれど、興味本位や時間つぶしのためならお断りだ。比奈子お姉ちゃんと同じ長野の出身だって？　厚田班は女性刑事を長野限定で採るのかな。そんなことを考えていると、死神女史が、

「ご厚意はありがたいけどね、今日は新人研修に来たわけじゃないからさ」

前屈みになって銀縁メガネを持ち上げた。ファームは見学させないみたいだ。

「その通り……今日はプロファイラーのお知恵を拝借したくて伺ったんですよ。とい

うのも、またぞろ気持ちの落ち込む案件で恐縮ですが」

ガンさんが新米刑事に指示をする。

堀北は頷いて、死神女史の足元から黒いボックス鞄《かばん》を引っ張り出した。それを応接テーブルに載せ、キーを打ち込んでロックを解除する。センターに持ち込まれる検体や資料などには厳密なセキュリティが掛けられるほか、専用のボックス鞄で持ち込む決まりだ。鞄が開くと、入っていたのは検体ではなく茶封筒のようだった。

コーヒーメーカーがコポコポと音を立てている。人数分のホルダーにインサートカップをセットしながら、永久は大人たちの会話に耳をそばだてた。

新米刑事は神妙な面持ちで茶封筒を取り、何枚かの写真を引き出した。画像データで飛ばすのではなくプリントを持ってきたのは、未《ま》だ非公式の案件だからだ。

保は写真を受け取ると、確認するなり低く唸《うな》った。

「……これ……は……」

丸メガネのレンズが不穏な感じに光って見える。保は眉間《みけん》に縦皺を寄せて唇を噛《か》み、肩で大きく息をした。次には片手で口元を覆って、苦しそうに目を閉じた。

保の中で何が起きたか永久にはわかる。彼の心には今も、ずっと、非業の死を遂げた女児が棲《す》んでいて、だからたぶん、あれはそういう写真だったんだ。

保は偶然そういう遺体の第一発見者になってしまったことで、自身の人生を大きく変えた。もう二度と、誰もあんな目に遭わせてはならないという正義感に追い立てられて、脳の研究に手を出して、殺人者の命を奪う殺人者になったのだ。

「……ふぅ……」

激しい慟哭《どうこく》や衝動を収めるように、保は長い息をした。

そんなに酷《ひど》い写真だろうか。死神博士は、そんなものをタモツに見せたりして。

「大丈夫かい？」

死神女史が訊《き》いたとき、永久はいたたまれずにコーヒーを注ぐと、たっぷりのミルクと砂糖を加えて、来客ではなく保に運んだ。

「飲んで、これ」

差し出すと、

「ありがとう」

と保は答え、その隙に永久は写真を覗《のぞ》いた。

草むらに捨てられたボロ切れのようなものが写っていた。それには小さな脚がついていて、靴下だけをはいている。下半身がむき出しの子供の死体のようだった。

「タモツにこんな写真を見せちゃダメだよ」

死神女史に抗議すると、「いや」と、保は永久を見た。

「ぼくなら大丈夫……ＯＮＥ。みんなにもコーヒーを入れてあげてくれないか」

そして、安心させるようにミルク入りコーヒーをゆっくり飲んだ。

永久は素直に保のそばを離れ、客たちのコーヒーを用意した。死神女史とガンさんはブラックで、新入り刑事には砂糖とミルクを添えてテーブルに置く。堀北は恐縮してカップを引き寄せ、またもチラリと永久を見た。

十六歳の子供が見ていいような写真じゃないし、聞いていいような話でもないと思っている顔だ。永久は彼女の大きな目を見つめ返した。

「ぼくは平気だし、心配なんかしなくていいよ。死体なら毎日本物を見てる。溶けて膨らんで骨から離れて、バスタブ一面を覆ってるようなやつとかね」

冷たく告げると、堀北はサッと目を逸《そ》らす。

「そうじゃなくって、あんたがね――」

と、死神女史は苦笑した。

「――たぶん自分じゃ気付いてないから教えるけどさ、まあ見事なビジュアルに育ったんだよ。だから、つい、見てしまう。別に心配したわけじゃなく、造形が見事で目立つから……それだけのことさ、他意はない」

「見事な造形ってどういう意味？」

不機嫌に問うと、女史はそっぽを向いたまま、

「見ていたくなる容姿ってことさね」

「悪いこと？」

「どうだろうねえ」

横顔のまま目を細め、

「よくもあり、悪くもありだ。物事ってのは、そういうもんだよ」

熱いコーヒーをグビリと飲んで、保が手にする写真に視線を注いだ。

永久は大人たちから離れて居場所を探し、コーヒーメーカーを置いたチェストに尻《しり》を預けて腕組みをした。応接セットに空きがあるからそこへ座ればいいものを、自ら行って座るのは癪《しゃく》だ。呼んで、招いてほしいのだ。いじけ癖は直らない。けれど、誰も永久を招かなかった。

「……いくつですか？　この子は」

それでも会話には興味を惹《ひ》かれ、蚊帳《かや》の外に置かれるのもイヤだった。

保が訊くとガンさんが答えた。

「たったの五歳だ。ちくしょうめ」

保は再度目を閉じた。彼が犯罪者になるきっかけの事件の被害女児が、同じくらいの歳だったと思う。磔《はりつけ》にされて、解剖されて、殺されたのだ。泣き声や叫び声を出せないように、喉《のど》にイチゴキャンディーを詰められて。

さらに写真をめくってみろと死神女史が保を急《せ》かす。

保がその通りにすると、女史はソファから身を乗り出して何かを指した。

永久の位置から写真は見えない。けれども女史はこう言った。

「裂傷がある。死後にレイプされたんだ」

「遺体と対面した両親の顔が忘れられねえ。まあ、当然だろうと思うがな……母親は貧血を起こして倒れたよ。刑事を何年やってても、こういう……くそ……」

と、ガンさんが吐き捨てた。あとは言葉にできないで、片手で口を覆っている。新米刑事は悔しそうに唇を噛んで、今にも泣きそうな顔だった。清涼飲料水のコマーシャルに出てきそうな風貌《ふうぼう》なのに、どことなく芋っぽさを感じさせ、それが比奈子を思い出させる。永久が出会ったとき比奈子はもう新米ではなかったけれど、警視庁を去るその日まで、ついに洗練されることはなかった。そして永久は比奈子のそんなところが好きだった。

保は深刻な表情だ。それきり無言で頭を突き合わせている大人たちを、永久は不思議に思って眺めている。何をされても、死んだらもうわからないのに、痛くもないし痒《かゆ》くもないのに、どうしてみんなは損壊や死体現象に嫌悪感を抱くのだろう。死体を見たらそうするべきだと決めているみたいに、一様に痛ましそうな顔をする。死んで数日経てば誰でも酷い見かけになるし、そんなの普通のことなのに。

「こっちのキズはなんですか」

と、保が訊いた。

ああ、そうか、他にも傷があったのかと、永久は微《かす》かに首を伸ばした。

「何だと思う？」

と、女史も訊く。保はしばらく考えてから、

「両目とも傷つけられていますね……一つ考えられるのは、行いが非道だという自覚があって、被害者が自分を見ないように犯人が傷つけた……でも、左右のキズが違っているのはなぜだろう」

死神女史は薄く笑った。嫌悪と侮蔑《ぶべつ》の混じり合った表情だ。

「そう、違う……さらに言うけど片方の眼球は刳《く》り貫《ぬ》かれていたんだよ」

保は一瞬永久を見た。

指を切ったり舌を抜いたり、心臓をえぐり出して遺棄したり、永久が過去に犯した罪と似通った状況らしい。ドキンと強く心臓が打ち、永久は自分が責められている気持ちになった。

「目玉がないの？」

訊くと死神女史が頷《うなず》いた。

「片方だけね、そして持ち去った。たぶん、だけどね」

誰も招いてくれないので、自らチェストを離れて写真を見に行った。保の背後に回

り込み、ステンレスの解剖台に載せられた作り物のような死体を見た。

容貌《ようぼう》は変わり果て、生前の姿がわからない。腹部が青紺色に変色しているし、腐敗網も出始めているから、最近の気候に照らして死後二、三日というところだろうか。下腹部には裂傷が、首には絞められた痕《あと》があり、顔面に傷がつけられていた。片方の瞼《まぶた》は十字に切られ、もう片方は瞼の周囲が陥没している。

ぼくも大概酷いことをしたけれど、レイプなんかしなかった。そしてどんなに大変な作業でも、途中で投げ出したりもしなかった。ぼくはあの子たちを価値あるものに蘇《よみがえ》らせようとしただけで、自分のためには殺さなかった。医学書を読んで研究し、真剣に、完璧《かんぺき》にやった。こんな中途半端でずさんなやり方じゃなく。

「犯人は何をしたかったの？」

と、誰にともなく永久は訊《たず》ねた。

「さあ、それだよ」

と、女史が言う。

「それを知りたくて来たんだけどね」

窺《うかが》うように保に目をやる。

保はまだ考えていたが、首をひねりながらこう言った。

「自分を見ないようにするためならば、十字に切る必要はないですね。目隠しをすれば手っ取り早いし、左右で損壊方法を変える必要もない……片方だけ眼球がないというのであれば、むしろそれが目的だったということでしょうか。レイプした記念に眼球を？　でも、瞼を切ったら眼球も傷つく。だからもう片方はやり方を変えた……ということなのかな……初犯でしょうかね」

そこまで聞くと、死神女史が腰を浮かせた。

「実はさ……」

その先はガンさんが言う。

「ところが石上先生は、これが初めてじゃないんじゃないかと思ってるようで」

「連続事件と思われるんですか？　他にも同様の被害者が？」

「うん。でも、それが……共通点は眼球だけなんだよね。他の被害者は女児ではないし、レイプされていたかどうかもわからない。だけど目玉のない死体がね、他にも何体か見つかっているんだよ」

永久は保の手から写真を奪い、めくりながら確認を始めた。

発見時、被害女児は藪《やぶ》みたいな場所に転がされている。穴を掘ったり土をかけたり、隠そうとした形跡は皆無だ。ぼくとは違う。すごくずさんな犯行だ。めくっていくと、突然まともな写真が出てきた。被害女児の生前写真だ。サラサラの髪で丸顔の、目のくりくりとした可愛い子だった。前歯が一本抜けている。

思わず知らず声が出た。死神女史が顔を上げ、

「どうしたんだい？」

と、怖い声で訊く。

「知ってる……この子」

「えっ？」

振り仰いだ保に永久は訴えた。

「公園で傘をくれた子だ。誕生日に、雨の中、わざわざママと来て、ぼくに傘をくれた子だ。間違いない、あの子だよ」

頭の中に雨が降る。湿った匂いとバラの香りと、東屋《あずまや》から流れ落ちる水……その子はお下げ髪をリボンで結んでいた。蝶々《ちょうちょう》みたいなかたちのリボンで、真ん中に黄色いビーズがついていた。ママの手作りっぽい感じのヤツだ。バイバーイと手を振ったときの、はにかんだ笑顔を鮮明に覚えている。

――あのお兄ちゃん、傘ないよ。傘がなかったら風邪ひくよ――

――ど、う、ぞ……お兄ちゃん、どうぞ。風邪ひいちゃうよ――

保は立ち上がって写真に手を添え、永久から写真を取り上げようとしたけれど、永久は決して離さなかった。

写真を持つ手が冷たくなって、今も公園で雨に打たれているような気がした。

心の整理が追いつかず、笑顔の女児と優しそうな母親、振り返りながら公園を出て行く二人の姿など、細部を逐一思い出してなぞりつつ、あの瞬間に感じた幸福をつなぎ止めようとしたけれど、それらはあっという間に、草藪に投げ出された無残な死体へと塗り替えられていったのだった。

第二章　罪の様々

その晩はカウチではなく自分の寝室でベッドに入った。

眠るためでなく考えるために、たった独りになりたかったのだ。

「公園の防犯カメラには、母親が自宅へ戻った直後にトイレへ向かう女児の姿が映っていました――」

ガンさんの言葉が頭を巡る。永久は大人たちの会話を寸分漏らさず聞いて覚えた。

ベッドルームにはベッドと照明以外に何もない。絵画も観葉植物も本棚もなく、壁は一色で窓もないから、囚人の部屋より無機質だ。それでも、おぞましい絵や拷問道具ばかりの地下室と比べたら十分すぎるほど快適だった。何かを飾って癒やされようとか、植物を育てようとか、永久にそういう感覚が育っていないせいもある。

照明スタンドのぬるい明かりが壁にぼんやり輪を描く。それを眺めていると、

「――ところが、出てくるところは映っていなかったんで。公園のトイレは男女合わ

せて出入口が三つ。正面の出入口は広くて防犯カメラに向いていますが、左右脇の出入口は狭く、しかも植栽で死角になっていました。子供が脇から出た場合、植栽の陰を通ってトイレの裏から公園の外へ出ていけて、車道には何台か車が駐車してあったんで……」

脳裏でガンさんが先を続ける。

ガンさんによれば、吉田美思《よしだみこと》ちゃん五歳は六月一九日の日曜日、正午近くに行方不明になっていた。当日、午前十時半過ぎ。美思ちゃんは母親と一緒に永久が傘をもらった公園を訪れて、地面に絵を描くなどして遊んでいたが、ほかの子供と遊び始めて夢中になり、昼食の準備をしたい母親と一緒に帰ることを拒んだ。

公園の様子はマンションの窓からも見えることから、母親は美思ちゃんを残して家に帰った。自宅の窓から見ると美思ちゃんがほかの子と遊んでいたので安心し、昼食の準備を始めたという。その間わずか十分前後。

再び窓から様子を見ると子供の数が減っていた。母親は娘を迎えに行ったが姿が見えず、他の子に訊ねるとトイレと言われた。ところが娘はなかなか出てこない。お腹でも痛いのかと心配になって声を掛けたが、返答もない。母親は個室を開けて確認し、初めて子供がいなくなっていることに気がついた。

警察への通報は同日午後三時過ぎ。周囲を捜し尽くしてのことだった。

永久はヘッドボードに背中を預け、枕は胸に抱きしめている。それに自分の顎《あご》を載せ、部屋ではなく過去を見ていた。

あの子の名前は吉田美思。

名前を知ると、記憶の笑顔に肉と魂が宿った気がした。はにかんだ顔、ぷっくりとして小さな手、幼い仕草……それらは草むらに捨てられた骸《むくろ》とはまったく別のものだった。犯人はあの子からよいものをすべて奪い去った。なんでそんなことをしたんだろう。あの子は栄養状態もよかったし、優しそうな母親が、とても大切に育てていた。タモツみたいに見知らぬぼくを心配してくれて、傘をもらったぼくよりも、ずっと嬉《うれ》しそうな顔で笑った。あの子は無価値じゃなかったのに。


「遺体発見は二十二日の早朝。現場は八王子柚木《ゆぎ》にある公園内の池の畔《ほとり》です。転落事故防止のため周囲に金網が設置されていましたが、たどっていくと奥に一ヵ所切れ目があって、そこから中に入れます。その日はたまたま周辺を草刈りする予定でね、職員が総出で池の周囲を刈っていて、発見に至ったというわけで」

「大人の腰のあたりまで草が茂って、ご遺体はまったく見えない状態でした」

新米刑事がそう言った。

「遺体と池との距離はどのくらいですか？」

「二メートル弱というところです」

「そこが犯行場所ですか」

「違うと思うよ。地面に乱れたあともナシ、出血も体液もなかったからね」

保は人差し指の甲で鼻先を拭《ぬぐ》うと、メガネを持ち上げて遺棄現場の写真を見ていた。

「なのに水には落とさず、畔に遺棄したままだったんですか」

「堀北も言うように現場は草ぼうぼうで、死体は見えませんでしたからね。放っておいても見つかるまいと高を括《くく》っていたのかもしれませんや。もしくは公園のような場所とは疎遠の人物だったとかですかねえ。定期的に草刈りをして、整備されているのを知らなかったか」

「ずさんな性格の馬鹿野郎か、だね」

と、鼻息荒く女史が言う。

「そのとき誰か、不審人物を目撃したとか、ないんでしょうか」

「残念ながら、それもない」

死神女史が先を続けた。

「検死の結果、遺体は死後二日程度が経過していた。胃の内容物にハンバーガーらしきジャンクフードがあったけど、自宅で食べたものじゃないそうだ」

「犯人が食べさせた……」

保は苦しげな表情だった。ガンさんも死神女史も怒りを秘めた顔をしていた。二人が連れて来た女性刑事のことは思い出せない。他人にあまり興味がないこともあり、永久の世界に住んでいるのは数人だけだ。けれど、いま、吉田美思という女児がぐいぐいと存在感を増していた。

「……なぜ眼球を……」

と、保は唸《うな》った。永久もそれが不思議であった。

ぼくの場合……と、永久は敢《あ》えて考える。最初の殺人は大好きだった保健師の先生だった。セリ先生と言って、セラピーキャンプで訪れる村の職員で、ぼくをかわいがってくれたのに、結婚して赤ちゃんができて、辞めたんだ。

そのときのことは今も鮮明に思い出せる。

あの朝はパパが一緒にいた。パパは偽善者で、被虐待児童をサポートするNPO法人を主催していて、頻繁にセラピー・イベントを開催していた。鬼無里《きなさ》という村に拠点があって……春だった。カタクリの群生地を子供たちに見せるため、危険がないか事前に確認したいと言って、地元に詳しいセリ先生を呼んだんだ。

ぼくはセリ先生に会いたくて一緒に行った。パパにとっても都合がよかった。山の中で若い女性と二人だけで会ってたなんて、他人に言われなくて済むからだ。

ぼくに会えてセリ先生は喜んでいた。

大きなお腹で、幸せそうで、前よりずっときれいになってた。

永久は枕をギュウッと抱いた。

殺人の記憶を呼び起こしたことなど、今までなかった。ここに連れてこられて保と会って、センターでの生活に慣れていくのに精一杯で、知識を吸収し、友人を作り、すべてが新しく新鮮で、前に進むことしかしてこなかった。でも……。

特殊な瞳《ひとみ》が静かに光る。

その奥にある消せない罪を、永久は初めて自分の意思で見ようとしていた。

ぼくは先生のお腹が気に入らなかった。ずっとお腹を庇《かば》っていたから、セリ先生はぼくよりお腹のほうが大切なんだとわかってしまった。先生はぼくじゃなく、お腹の子供を愛してる。ぼくはまた捨てられて、無価値になるんだ。

ビクンと力が入ったのは、彼女を突き飛ばす瞬間を身体が思い出したからだった。

先生は悲鳴すら上げなかった。沢へ転がり落ちて、血を流して動かなくなった。

驚いたパパが先生を追いかけて、沢まで下りてぼくを見上げた。

一言も喋《しゃべ》らなかったけど、あのときの目は忘れられない。パパは悪魔を見るような目をしてた。そしてパパはぼくを無視して、セリ先生を引きずって行ったんだ。

「す……すすすす……」

と、呼吸したとき、指先が冷たくなっているのに気がついた。

あれはホントに衝撃だった……ぼくはてっきり、パパがぼくを責めると思った。大騒ぎして助けを呼んで、ぼくを鞭打《むちう》ち、セリ先生を助けると思った。

でも、そうじゃなかった。

あのときパパの心にぼくはこれっぽっちもいなかった。ぼくは透明人間みたいになって、死んだセリ先生は無価値になって、パパに山奥へ捨てられた。それからだ……弟の太一《たいち》はぼくをヘンタイと呼ぶようになった。天才のヒキコモリのヘンタイと。

引きこもっていたわけじゃない。ぼくは地下室に捨てられたんだ。

今ですら、胸の奥に両親への怒りが滾《たぎ》っていることに永久は気付いた。それはマグマのように高温のまま、噴き出す亀裂を探し続けているのだと。酷《ひど》い怒りと混乱は、保と暮らして楽になったと思っていたのに、過去を覗《のぞ》くと熱さに気がつく。ぼくは怒りを吐き出さずにはいられなかったんだな、と、過去の自分を振り返る。

次の殺人は突発的なものじゃなく、計画して、準備して、やるべくして行った。

被害者たちはぼくと同じくらいか、それ以上に悲惨な目に遭っていた。産み捨て同然の親たちは体裁を取り繕って自分たちの罪を隠していた。あの子たちは惨めで痩《や》せていて、言葉もろくに喋れなかった。おむつを着けて箱に入れられ、夜は外に出されていた。食べ物をあげると犬のように食べ、垢《あか》じみていて、臭かった。

可愛そう……誰がこんな姿にしたんだ。

あの子たちを見ると怒りが湧いた。

ぼくはたぶん怒っていたんだ。あの子たちがぼく同様に無価値だったから。親がホントにバカばっかりで、虐待を上手に隠す知恵すらなくて、子供が自然に消えるのを待っていたから。そんなこと、あり得ないのに。

「だからやってあげたんだ」

永久は壁に訴えた。枕を抱く手に力が入り、呼吸が浅くなっていた。

悪いことはしていない。ぼくは悪いことをしていない。

あの親たちには泣く資格なんかないし、ぼくを責める資格もない。産みっぱなしで捨てたんだから。関心を持たず、かといって隠すこともできずに、偶然いなくなるのを待ったんだから。だからぼくがやったんだ。もう苦しまなくていいように、眠る薬を注射して、死ぬまで抱いていてあげた。苦しめたりはしなかった。抱いて、近くにいてあげた。バラバラにしたのは死んでからだし、それだって価値ある姿に変えるためだ。あの子たちに価値があったら、親も大事にしたはずだから。

いや違う、それは嘘だ。と、永久は思って痛みを感じた。

今まで感じたことのない、締め付けられるような痛みであった。

改変された子供を見ると、滑稽《こっけい》にも親たちは取り乱して悲鳴を上げた。

どうして騒ぐの？　いらない子でしょ？　あなたたちは、つまり、この子を、こうしたかったわけでしょう？　ぼくはその子を抱いてあげたよ。食べ物もあげたし、笑わせてあげたよ。苦しみを終わらせて、価値あるものに変えてあげたよ。それなのにぼくのしたことだけが罪なの？　ぼくは親たちの代わりにやった。自分たちがしていたことを教え、具体的に見せてあげたんだ。猟奇目的なんかじゃなくて、救済と糾弾と報復だ。悪いことはしていない。

「……嘘だ」

永久は呟《つぶや》き、枕に顔を埋《うず》めて目を閉じた。思い出して分析し、自分自身の闇を見るのはあまりに苦しいことだった。胸が潰《つぶ》れてイジイジとして、自分をもっと憎みたくなった。自分が嫌いだ……そう認めると指先が凍えた。ただ思い出すだけでこんな気持ちになるなんて。それでも永久は考え続ける。自分の闇を見つめ尽くしたそのあとに、再び光を探したかった。

吉田美思ちゃんを殺した犯人と、自分は違う。それが光だ。違うけど、悪いことをしていないというのは詭弁《きべん》だ。だってぼくは……ぼくだって自分のためにやったんだから。ぼくは子供だったけど、善悪はちゃんとわかっていた。あの子たちのためだと言いながら、ぼくは自分を救いたかった。真夜中にオムツひとつで徘徊《はいかい》している小さい子を見たら、無価値な自分を見せつけられているようで、一緒にされたくないと思った。怒りが湧いて思い知らせてやりたくなった。誰に？　親たちに……世間の大人に……パパとママ……ぼくを生んで捨てた世界に。惨めで無価値な自分自身に。

ああ、そうか。

永久は枕から手を離し、両手で自分の顔を拭《ぬぐ》った。

殺したかったのはぼく自身。センセーショナルな死体になって、それをママに突きつけて、ママとパパを糾弾したかった。二人が怖がって泣く姿を見たかった。ぼくは、それを関係ない子でやったんだ。

固く目を閉じ、瞼《まぶた》の裏に広がる闇を見つめた。それでも過去は変えられないとタモツは言った。落ちた場所から這《は》い上がっても、景色は変わってしまっていると。だから新しい景色を創るんだって。

「……そんなこと言うなら教えてよ……殺してしまった人への罪は、どうやって償えばいいっていうの？」

それこそが光の場所への道筋だろうか。

永久はベッドを下りて保の寝室へ向かった。ノックしてドアを開けると、寝室は空だった。カウンセリングルームに明かりがあって、保は一人で応接ソファに座っていた。真夜中なのに白衣をまとい、シャワーも浴びていないようだった。

ドアの近くに立つ永久に気がつくと、驚いたように保は訊《き》いた。

「どうしたの？　眠れない？」

そういう保も眠りそびれた顔をしている。保保のような人があんな写真を見せられて、グゥグゥ眠れるはずがない。の部屋に入ると、永久は裸足《はだし》で部屋に入ると、

「何か飲む？」

と、保に訊いた。

この部屋で準備できる飲み物といったら、コーヒーか紅茶かミネラルウォーターだけだけど、永久は比奈子からとっておきの飲み物を教えてもらったことがある。返事を待たずにお湯を沸かすと、沸騰を待ってもう一度沸かし、二人分のカップにそれぞれ大さじ一杯の砂糖を入れた。二度沸かしたお湯で砂糖を溶いて、保の許《もと》へ持っていき、隣に掛けて一杯を渡した。

「砂糖湯だね」

と、保は笑った。辛《つら》いとき、弱っているとき、比奈子はこれを作ってみんなに飲ませた。永久と保は並んで湯を飲み、しばらくしてから永久は伝えた。

「犯人を、ぼくも追いたい」

「え」

保は変な声を出し、永久の顔をマジマジと見た。

「昼間の話をしているの？　石上先生が来た件の」

「うん。そう。ぼくも犯人捜しに協力したい。ぼくが初めて……ここへ来てから初めて外で……親切にしてくれた人たちだから」

保は無言でしばし考え、考えながら静かに訊いた。

「どうしてそう思ったの？」

「どうしてって……保もそうしているからだよ。犯人捜しに協力して、殺した人より多くの人を救おうとしているわけでしょう？　だったらぼくにもやらせて欲しい。ぼくには罪がたくさんあるし、ぼくはあの子を知っている。あんな子が、あんな殺され方をしていいはずないもの」

保の目がこちらを見ている。心の裏側すら映しそうに澄んだ瞳《ひとみ》で、メガネレンズには永久自身が映っている。子供でもないし大人でもない、中途半端な少年だ。

「犯人を見つけたらどうするつもり？」

どうやって犯人を割り出すのか、とか、何か手がかりがあるのか、とか、そういうことは一切訊かずに、保は核心をついてきた。

永久は思わず目を泳がせた。

タモツはこう訊きたいんだ。犯人がわかったら報復するつもりかと。

すぐには答えず、永久は自分の心を覗《のぞ》いた。そして同じ目に遭わせてやろうと考えていたことを理解した。眼球を刳《く》り貫《ぬ》くのに、ぼくなら絶対ヘマしない。前のときに勉強したし、専用の道具があるのも知っているから、もっと上手にできるはず。おまえがしようとしたことを、どうすれば上手《うま》くできたか教えてやる。おまえを使って。ぼくは心の奥底で、そんなことを考えていた。それを保に見抜かれた。

永久が何か言う前に、

「ＯＮＥ」

と、保が永久を呼ぶ。

名前を変えたと宣言しても、実際にそう呼んでくれるのは保だけだ。砂糖湯のカップをテーブルに載せ、保は身体をこちらに向けた。それから少し眉根《まゆね》を寄せて、

「ぼくはその子を知らないけれど、やっぱり、相当に、ぼくも犯人に怒っている。この怒りは抑えられないよ。あんな写真を見せられたらね……やりきれないし、ご家族や友だちや、そういう気持ちを考えてしまうし……心が怒りで燃えるみたいで……身体が震える。その子を想って……」

それから両手の指を組み、宙を見つめて言葉を探した。

「犯人は手際よくきれいに眼球を盗むことには失敗したけどレイプはしてる。手元の情報だけで考えてみると……不思議なんだ。石上先生は連続性のある犯行だと言ったけど、ぼくにはそうは思えない。子供をさらって食べ物を与えていることからしても、日頃から小さい子を観察していたと思うんだ。一方で、すぐ脇に池があるのに死体を

隠さず放置している。それはなぜかな？　手口もずさんで行き当たりばったりに見える。どうして眼球を盗んだのかも謎だ」

「タモツには犯人像が見えてるんだね？」

訊くと、

「おおまかにはね」

と、保は答えた。

「写真を見る限り、ぼくはこれが初犯と思った。でも石上先生は他にも被害者がいると言う。その人たちも眼球を持ち去られていたけど、女児じゃないって」

「プロファイリングが間違っている？」

「かもしれない。でも、確かなこともある。犯人を見つけて止めないと次の犠牲者が出るってことだよ」

「うん」

「だから……」保は頷《うなず》き、

「捜査に協力しよう。ぼくも、きみも」

と、ハッキリ言った。

提案を受け入れてもらえたことに永久は心から喜びを感じ、自分の価値が上がった気がした。保は続ける。

「けれど約束して欲しいんだ。危険な真似は絶対にしないと」

「危険な真似って？」

「単独で犯人を追わないこと。この件の指揮権は厚田警部補にあるし、ぼくらはチームで個人ではない。入手した情報は共有し、どう動くかは厚田警部補の指示に従う。ONEとぼくとも情報を共有する。何も隠さないから、きみもそうして欲しい」

「わかった」

と、永久は答えた。

「あと、ぼくら二人と石上先生、警部補と堀北さん以外に情報を漏らしちゃダメだよ」

「ミクは？　ミクなら防犯カメラを追跡できる。それにミクは誰とも話をしないよ」

保は少し困った顔をした。

「金子くんを巻き込みたくないんだけどなあ……うーん……でも、たしかに彼なら情報を入手できるね……ただ、彼が入手する情報は証拠に使えないよ？」

金子はサヴァンで、ハッキング技術やコンピュータ言語の瞬時解析能力を持っている。但《ただ》し、そのことを誰かに知られてはならないし、だから彼はここにいる。もしもそれを悪用されたら、世界はどうなってしまうのか。サヴァンの金子に自閉症と対人恐怖症があることは天の計らいだと言っていい。けれども不法に入手した情報は、裁判では使えないのだ。

「裁判用の証拠なら、ほかに探せばいいでしょ？　ミクなら防犯カメラの映像を引っ張ってこられるし、厚田警部補たちが足で回って集めるよりもずっと素早く映像を見られる。そういうデータは、早くしないと消されてしまうかもしれないし……ミクもチームに入れようよ。ミクはここから出ないんだから、安全でしょ？」

「これはゲームじゃないんだよ」

「わかってる」

しばらく見つめ合ってから、保はフッと息を吐き、

「了解だ」

と、頷いた。本心から納得したわけではないけれど、永久の意思を尊重するためにどうするのが一番いいか、考えて決めたような言い方だった。

「だけど彼のメンタルには気をつけないと。何かあったらぼくを呼ぶこと。決して無理をさせないこと」

「了解だ」と、永久も答えた。

「それじゃあ、今からぼくらはチームだ」

保はノートパソコンを引き寄せて、永久のほうへモニターを向けた。

「いま送られてきたばかりだよ。石上先生が連続事件を疑った理由がここに……八王子西署の管轄区外から取り寄せた死体検案書の写しなんだけど……」

データを呼び出してから、

「見てごらん」

と、保は言った。死神女史が送ってきたのは、ここ数ヶ月に全国の警察署で検死された変死体のうち眼球のないものの報告書だった。他にも被害者がいると死神女史が言った事案には、殺人かどうかもわからないケースが含まれていた。

「自殺とおぼしき腐乱死体で眼球がないものについては抜いてあるそうだ」

「目玉が抜けてしまうことがあるからだね。そうすると動物やカラスが持って行ってしまうから」

「そうだね。けど、たとえばこれは……」

保はタイトルをクリックして死体検案書を呼び出した。

「これも縊《い》死《し》体だけど、腐乱する前なのに眼球がなかった案件だ」

検案書には写真が添付されている。それは三十代くらいの男性で、吊《つ》り下がるのでなく幹に巻き付けた紐《ひも》を使って、木の根元で死亡したものだった。幹に身体をもたせかけ、両手両足を投げ出している。血中から睡眠薬の成分とアルコールが検出されたとあるが、自殺で決着したらしい。眼球は左右ともになかった。

「瞼《まぶた》を切ってないんだね。陥没もないし、カラスがほじった跡もない」

「そうなんだ」

保は別のデータを呼び出した。

こちらは小学生の男の子だった。自転車に乗っていて事故に遭い、頭部損傷で即死。片方の眼球だけが不明とある。

「これは交通事故だよ、どう見ても」

画像を拡大して永久が言う。車が頭部を轢《ひ》いたらしく、路上に血染めのタイヤ痕《こん》が残されている。これなら加害車両はすぐに特定できたんじゃないのかな。

「運転手自身が警察と救急車を呼んでいる。でも眼球は見つかっていないんだ」

「ふーん……たしかに変だね。飛び出して転がっていったのかな」

「それなら眼球が移動した跡が残るよね」

「こんなに血が出ていたら無理じゃない？　死神博士の考えすぎかも」

「そうかもね。じゃあ、これはどう？」

次に保が呼び出したのは明らかに殺人とおぼしき案件だった。被害者は三十代の小柄な主婦で、建物の裏で殺害された。首を絞められて絶命したあと、片方の眼球だけを持ち去られている。やはり瞼に傷はなく、血の涙を流しているように見えた。

「血が出てるから、殺してすぐ、もしくは生きているときに傷つけたんだね。この人もレイプされてたの？」

「それはなかった」

永久は背もたれに身体を預け、モニターを見たまま額を掻《か》いた。

「小児性愛者は大人の女性を襲えないって、前に保が言ってたもんね……でもさ、これってどれも都内の事件じゃないし、目玉がなくなっている以外、共通点がないじゃない。死神博士はどうしてこれに興味を持ったのかなあ……」

「眼球がない。その一点で」

「……微妙」

「そうだね」

保は永久に頷いた。

「でも、短期間に起きているから、調べる価値はあると思うよ」

「ホントに連続事件かなあ——」

探したいのはあの子を殺《や》ったヤツだけだ。他の被害者に興味はない。

でも、そいつが大人も殺していたなら、

「——だとしたら犯人はイカれてる……やり方を変えて楽しんでるのかな……目玉なんか、なんのために集めるんだろう」

「集めていると思うかい？」

「でなきゃどうして持ってくの？　それに道具がなかったら、抜くのはけっこう大変だよ……眼球摘出サンプルが欲しいなら大学病院とかと提携した方がいいもんね？

素人は固定方法も知らないかもだし……キット持参でその場で固定しているのかな……だけど、あの子を殺した犯人は『ずさんな性格の馬鹿野郎』でしょ。用意周到なタイプじゃないと思うんだけどな」

資料が手に入ったら余計に謎が深まった。そんなことがあるのだろうか。

「そこなんだよなぁ」

保は脚を組み、膝《ひざ》に肘《ひじ》を載せてこめかみを揉《も》んだ。犯人の気持ちを考えているのだ。

彼はガンさん率いる猟奇犯罪捜査班のプロファイラーだけれど、そのせいでこんな奇妙な案件ばかりを持ち込まれている。事件資料を読み込んで写真や画像や映像を頭に焼き付け、些細《ささい》な部分を検証して犯人の心に潜入し、動機や計画を洗い出す。

そういうとき、保はいつもと違って罪人のような顔になる。厳しくも辛《つら》そうな横顔を見ているうちに、永久はつい訊《き》きたくなった。

「ぼくのときもそうしたの？　そうやって、犯人がぼくだと割り出したの？」

保は驚いて顔を上げ、永久と目が合うと真面目に答えた。

「そうだよ。きみがなぜあんな酷《ひど》いことをしたのか、懸命に理由を探ったよ」

「理由はわかった？」

「ぼくなりにはね」

永久は保から目を逸《そ》らし、微《かす》かに笑って溜息《ためいき》を吐いた。

「ぼくよりもタモツのほうが、先に気付いていたんだね。ぼくは今頃気がついた。人殺しだったとき、本当に殺したかったのはぼく自身だって」

保は腕を伸ばして永久の頭を引き寄せた。自分の肩にそれを載せ、柔らかに頰を押し付けた。そうしておいて彼は言う。

「よかったよ。きみが自分を殺す前に捕まえられて、ほんとによかった」

言葉と体温……不思議だ。ただそれだけで、欠けていた部分が満たされる。

タモツの罪の償い方がぼくをONEに変えたなら、ほんとうのONEにならなきゃ、と永久は思った。タモツのために、自分のためにもONEにならなきゃ。殺されたあの子とお母さんのためにも。

タモツと自分。自分とあの子。あの子と犯人、そしてぼく……眠れない夜をやり過ごした朝、永久は夜明けと共にボディファームで仕事を始めた。

六月は夜明けが早くて緑は眩《まぶ》しく、風はいい匂いがする。スサナの寝床ではハイビスカスが花期を迎えて、伸びた枝葉が死体を覆い、スサナが頭に飾ったみたいに片耳のあたりで大輪の花を咲かせていた。

「きれいだスサナ。とっても似合うよ」

永久はスサナにそう告げて、他の枝から一輪折った。

いつもなら、仕事の後はロビーで軽い朝食を摂《と》るのだけれど、この日はスルーして金子の部屋へ行くことにした。忙しく立ち働くコックの姿を見たときは、彼にも一輪取ってきてあげればよかったな、と少し思った。

金子の一日は判で押したように規則正しい。起床、朝食、マシーンで運動、体調チェック。食事と風呂《ふろ》の時間以外は要塞《ようさい》のように積み上げられた機械の部屋で、ずっと脳を酷使している。金子はほとんど喋《しゃべ》ることがなく、永久との会話も単語でしかない。部屋の前に立ってノックをすると、応《こた》えも待たずにドアを引く。

決められた時間以外に金子の部屋を訪れるのは永久くらいだし、彼はセンターのカメラ映像を見ているから、訪問者が誰かわかっている。恋人にプレゼントするかのように、永久はハイビスカスを胸に掲げた。

「おはようミク」

声を掛けても金子は背中を向けている。振り向いたりもしないから、永久が近くへ寄っていく。大型モニターにコンピュータ言語が降り注ぎ、その片隅では防犯カメラの映像が、金子の部屋に入った永久の後ろ姿を映している。金子が映像を消したら「おはよう」という意味だ。

身じろぎもせずにモニターを見ている彼の鼻先にハイビスカスを差し出してみたけ

れど、情熱の赤さを持つこの花は、残念なことに香りを持たない。

「咲きはじめたよ。モニターで見るよりきれいでしょ」

「キレイ」

と、金子は小声で答えた。

「どこかに飾る？　でも水に挿したら危ないね。ここは機械だらけだから」

そう言うと、永久は自分の白衣に花を挿す。

「こうすれば、ぼくを見るとき花が見えるよ」

金子は花を盗み見て、永久と視線を合わせようとはしない。嫌っているわけではなくて、誰とも視線を合わせないのだ。気にすることなく永久は言う。

「あのね、覚えてる？　六月十八日、土曜日の午後、ぼくはセンターを出て行ったでしょ？　知ってるはずだよ。出口でIDを読み込ませたから」

金子はコクンと頷《うなず》いた。ニヤリと笑って永久は続ける。

「歩いて、バスに乗って、駅で降りて、電車に乗った。全部じゃなくても追跡したでしょ？　ぼくのこと」

「……追跡」

と、金子が言ったので、今度は永久が頷いた。

「そうだと思った。あの日は雨だったよね。傘のことすっかり忘れてて、ぼくはびしよ濡《ぬ》れになったんだ……それでね」

　すべてを話し終えるより早く、金子はモニターに防犯カメラの静止画像を呼び出した。コンピュータ言語を映していた大型モニターが切り替わり、ブロック状になったそれぞれに画像が映し出されていく。片隅に表示された数字が時間だ。街を歩く永久、駅にいる永久、電車内の永久……バラが咲く公園に入って行く永久。

「その公園だよ……ぼくが手を振るの、見た？」

　公園の画像が動き始めた。東屋《あずまや》から手を振る自分が見える。相合い傘の母子《おやこ》の姿も。引きずるほど大きなビニール傘を大切に抱いていた女児を思い出す。

　永久は金子の肩に手を置いた。

　初めのころ、金子は接触をとても恐れた。永久が身体のどこかに触れると、ビクンと微かな衝撃を感じたものだった。けれど今はそんなことがない。相変わらずこちらを見ないけど、触れていれば彼が安定しているかどうかがわかる。

　あの子にも触れてみるべきだった。傘をもらうときお礼に握手をしていたら、ぼくが過去に奪った命のことを、もっと深く知れていたかもしれない。

「その母子が傘をくれたんだ。それでね……」

　そこで永久は言葉を切った。

　保はなんて言っただろう？　ミクを巻き込みたくないという話のあとに、彼のメンタルに気をつけて欲しいと……それって具体的にはどうするべきかな。誰かのメンタルを気に掛けたことなんてないから、どうすればいいのかわからない。

永久は考えて言葉を選ぶ。

「二人とぼくは、友だちになったんだ」

「トモダチ」

と、金子が呟《つぶや》く。

「ミクとぼくみたいな友だちじゃないけど、ぼくにいいことをしてくれて、だからぼくも二人のことをちょっと好きになったっていうか……でね？」

金子を傷つけないように、殺人という表現を使うのはやめた。

「ちっちゃい子のほうが、悪い人にさらわれたんだよ」

そう告げると、金子は公園の画像の隣にネットニュースを呼び出した。

【行方不明の女児遺体で見つかる】

遺体の具体的な情報以外、記事には概《おおむ》ねガンさんから聞いたとおりの内容が書かれていた。女児の名前は吉田美思ちゃん。年齢は五歳だ。

不思議なことが、そのとき起きた。

肩に載せた永久の手に、ほんの一瞬、金子が自分の頬をすり寄せたのだ。そしてすぐさまモニターに、涙を流すフェイスマークが現れた。金子は永久を慮《おもんぱか》って、『かなしい？』と、訊いたのだ。

　正直に言えば、悲しいという感情はまったくなくて、興味のほうが勝っていた。永久はただ、一瞬なりとも関わりを持った他人が不幸な目に遭ったと知って、普通の人がするように怒ったり悼んだりしてみようと思っただけだ。ガンさん率いる猟奇犯罪捜査班の一員に加えてもらい、ただひとり生前の女児を知っている自分が役に立つべきだと感じただけだ。事件の謎に興味があるし、犯人を見下してもいたし、あの子の身に起こったことは不幸で酷《ひど》いと思うけれども、あの子がいなくなったことで悲しみを感じたりはしていない、その程度のことだった。

　でも、『悲しくない』と金子に言うのは違う気がした。

　保やガンさんや死神博士は、悲しいから捜査をするんだろうか。悲しいから犯人を追うのだろうか。会ったこともない被害者のために。

「そう。この事件」

　と、永久は答えた。

「死んだのが傘をくれた子なんだよ。すごくかわいい……優しい子」

　優しさが何かを理解できぬまま、そう告げた。金子はモニターを見つめている。

「でね？　タモツが言うんだ。早く犯人を見つけたいって」

「……タモツ」

と、金子はつぶやいた。

知ってるよ、ミクもタモツを好きだって。ぼくがタモツを好きだから、ぼくを大好きなミクはタモツのことも好きなんだ。

永久はハイビスカスが視界に入る位置まで接近した。

「タモツのために、ぼくも犯人を捜したい。だからミクにも助けて欲しい。死体が見つかった八王子柚木の公園にも、防犯カメラがあるんじゃないの？」

金子は視線を素早く動かし、女児の遺体が発見された公園の名称を確認した。記事が消え、ライブカメラの映像が呼び出される。その公園には複数台の防犯カメラが設置されているようだったが、件《くだん》の池を映したものは、遊歩道の手前から金網の奥に池が見える程度のアングルでしかなかった。ガンさんの話では、金網に沿って行かないと池の畔《ほとり》には出られないとのことだ。公園の案内板を見ると池は三方を森に囲まれていて、今現在のライブカメラ映像では、遊歩道側の金網が下半分をブルーシートで覆われていた。警察車両が歩道に止まり、捜査員の姿が見える。刈り終えた草をよけ、池に入って遺留品を探しているのかもしれない。

「このアングルじゃ……犯人が夜に来てたら、たぶん、なんにも映ってないね」

残念そうに永久は言った。

「女の子が連れてこられたのは十九日の夜から二十日未明までのどこかだと思う……

ここへ来る途中にも防犯カメラはあるのかな」

金子は当該公園の俯瞰《ふかん》図を呼び出した。公園一帯は小高い丘になっていて、園内を通らなくても森を通って池まで来られることがわかった。森の中にカメラはない。

永久は考え、また言った。

「じゃあさ、女の子が行方不明になった十九日の正午ごろ、ぼくらが会った公園のカメラはどうだろう？　公園にはトイレがあって、その子はトイレから外へ出て行ったんだ。裏の道路に車が何台か停《と》まっていたって」

金子は時間を遡《さかのぼ》って事件当日の映像を呼び出そうとしたが、警察が押収したようでデータを見つけることはできなかった。『cannot find.』とモニターが言う。

「遅かったか……残念」

鼻から息を吐き出して、独り言をつぶやいた。

「こういうことをする犯人は、誰かが止めないと加速するってぼくにはわかる。衝動に追われてソワソワして、早く次をやりたくなるんだ」

金子の肩が緊張したので永久は慌てて手を離し、彼を追い詰めちゃダメだと思った。言葉でコミュニケーションをとれないミクは、伝えたいことがたくさんあるとストレスを感じる。だから長文の答えが必要になる質問をしちゃダメだ。

考えて、こう言った。

「ねえ？　じゃあさ……ちょっと休んでデータ収集ゲームをしない？　キーワードを言うから検索してよ」

金子ではなくモニターを見てキーワードを告げた。

「眼球コレクター、スペース、事件」

『アイボールキラー』と呼ばれる殺人犯の情報が呼び出されてきた。

被害者から眼球を奪うようなヤツが実際にいるとは思わなかったし、永久はこの事件を知らなかったが、同様の事件は過去にも起きていたようだった。

自称外科医のチャールズ・オルブライトは一九三三年生まれ。生まれてすぐに里子に出され、養父母から溺愛《できあい》と虐待を受けて育った。長じて外科医を志したが、窃盗癖があって修学できず、学んだ技術を悪用して被害者たちから眼球を奪った。被害者は娼婦《しょうふ》で、彼は母親に『彼女たちが嫌いだから殺す』と告げている。

「嫌いだから殺すというのはあり得るとして、目を奪う必要ある？」

二つがどう結びつくのか、永久には理解ができなかった。

すると金子はさらなる情報を表示した。保が心配したよりずっと、金子は猟奇事件やそれらに関する情報に耐性があるようだった。

オルブライトが子供のころ、養母は彼に道具を与えて剝製《はくせい》の技術を学ばせた。一方で、完成作品に命を与えるガラスの眼球は、高価だという理由でひとつも買ってやらなかった。代わりにボタンを与えて不気味な剝製を仕上げさせたり、眼球がなくてもよいように瞼《まぶた》を縫い合わせさせたりした。最初の窃盗でオルブライトが狙った品は剝製に使うガラスの眼球だったという。

永久はその先を声に出して読んだ。

「繊細で取り扱いが難しい眼球を、オルブライトは丁寧に摘出して持ち去っている……ちょっとわかる気がしてきたぞ……剝製にボタンを使わされたことで、彼のなにかが変化したんだ……ていうか、このママのほうが歪《ゆが》んでるよね。彼を徹底的に歪ませてモンスターにしちゃったんだね。そう思わない？」

ボタンの目を持つ動物たちを想像してみる。どれほど精巧に仕上げても、眼球がボタンでは奇っ怪な剝製にしかならない。養母はそれを見て何を感じていたのだろうか。このチグハグで奇怪なエピソードは、溺愛と虐待を繰り返していたオルブライトの養母そのものだ。溺愛で体裁を取り繕っても、中身は悪意の塊で、それがボタンの目に表れている。彼女たちが嫌いだから殺すと言いながら、オルブライトが本当に殺したかったのは養母だったんじゃないのかな。ママを殺して眼球を抜いて、死体にボタンをはめ込みたかったんじゃないのかな。

金子は何も答えないけど、一緒に考えを巡らせてくれていた。

彼が次に呼び出したのは、『法医学オプトグラフィー』という記事だ。それは十九世紀に発見されたとされる捜査方法で、死者の眼球を固定して、網膜に焼き付いた最後の映像を取り出すというものだ。実際に逮捕の証拠に使われたという事実はないが、この捜査方法が発表されると、犯行後に死体の目を潰《つぶ》す殺人者が出たという。

「今回の犯人も証拠隠滅のために持ち去った？　それはちょっと考えられない。今は二十一世紀だし、あの子は片目が残っていたわけだから」

いよいよ核心に近づいていこうと永久は考え、こう訊《き》いた。

「じゃあさ、直近に国内で起きた事件はどうかな？　あの子の他にも、殺されてレイプされて目玉を抜かれた事件があるかな」

死神博士がタモツに送ってきたのは死体検案書だから、法医学ネットワークを用いて仕入れたもので、警察のデータではない。けれど金子なら痕跡《こんせき》を残すことなくビッグデータに侵入できる。どう妨害しようと行為をやめないので、金子はセンターに隔離され、この部屋でのみデータの海で遊ぶことを許されているのだ。

「子供が被害者の事件を調べてみてよ。遺体を損傷、もしくはレイプ」

検索すると恐ろしいほど多くの事件がヒットした。未解決事案は少なかったが、逮捕された犯人の多くが被害児童の家族であった。

永久は自分の心臓を誰かに拳《こぶし》で突かれた気がした。三億分の一の奇跡なんて実際は関係ないんだ。男女の営みから生み出された命ですらも、ないがしろにされているわけだから……その間も金子は検索を続け、そして突然振り向いた。

自分から顔を向けてくるなんて、初めて見せる反応だった。目をやると、金子はすぐさま視線を逸《そ》らし、さらに覗《のぞ》き込むと悪戯《いたずら》をとがめられた子犬のような顔をする。

何が起きたのだろうと永久は考え、モニターを見上げて理解した。

子供や児童。遺体の損傷。もしくはレイプ。幼児に対する猟奇的な手口の殺人事件を検索すると、トップにヒットしたのは永久が過去に起こした連続殺人事件に対する書き込みだった。

それらは吉田美思ちゃん殺害事件を考察するため引き合いに出され、捜査本部の発表ではなく、悪意のある憶測ばかりがあふれていた。

クトゥルフ殺人再び！　子供を独りにしてはならない　幼児の指を線香代わりにした殺人事件　鬼畜の所業　陰湿で残忍な小児性愛者の犯行　あたおか　この犯人も絶対動物を殺している　虫ケラ以下　頭の悪い異常者　おまえが氏ね！

「……なにこれ……」

そのあとは言葉が出なかった。

金子は身体を硬くした。亀のように背中を丸めてキーボードから手を離し、拳を握って俯《うつむ》いている。壁一面のモニターに浮かぶ非難の言葉。それは槍《やり》のように永久を突き刺した。頭部に、額に、両目に、頬に、首にも肩にも心臓にも、グサグサと刃が突き通る。そうじゃない。ぼくはあの子たちのためにやったんだ。何をしたか両親に教えるために。苦しめたわけじゃなく救ってあげたんだ。バラバラにしたのはそのあとだ。楽しんでやったわけじゃなく、それが正義と思っていたから……違う……ぼくは……ぼく自身を殺したかったのに、それがわかっていなかったんだ。

誕生日にセンターを出た日のことが頭を巡った。あの子と優しいお母さん、色とりどりの傘、ぼくを盗み見ていた女の子たち、芸能事務所の怪しい大人、死にかけていたホームレス……誰もがフレンドリーだったけど、ぼくの正体を知ったなら、迷わずぼくを刺しただろうか。ぼくには理由があったのに、それを聞いてくれようともせずに、怖がって、非難して、ぼくを捨て去ったのだろうか……意思とは関係なく身体が震え、永久は自分の特殊な瞳《ひとみ》が凄《すさ》まじい光線を吐き出しているような気がした。光線は金子の身体を突き通し、彼を傷つけるかもしれない。

無言のまま後ずさり、永久は金子の部屋を飛び出した。

大声で叫んだり、コードを引き千切ったり、金子に当たり散らしたりするのは違うと思った。だから無言で廊下を走り、階段を駆け下りて自分の城へ逃げていった。ボディファームだ。花盛りになったハイビスカスには目もくれず、ドームへ走ってタカオを水に蹴《け》り落とした。土に横たわるクロードを踏みつけて、周囲の草を引き千切り、タカコの骨をベランダに投げ散らかすと、縊《い》死《し》体を引きずり下ろして頸椎《けいつい》を損傷させた。整えた部屋を荒らしてリビングの死体に殴りかかった。

永久の身体は腐敗汁にまみれ、皮膚の一部やウジ虫などが付着してきた。それらは顔にも飛び散って、体中が酷《ひど》い臭いに包まれた。死体は崩れてバラバラになり、頭蓋《とうがい》骨《こつ》から下顎《したあご》が外れた。

そんな目に遭わされたというのに、彼らは永久を責めないし、怒りもしない。

大きな棚を引き倒し、あたりに物が散らばって、屍肉《しにく》の破片に滑って転び、宙を舞うハエを見上げたとき、永久は突然、「うふ……」と、泣き笑いした。以前なら「きゃあーっ！」と奇声を上げたところだが、今はやらない。けれども大声で叫んでいたころよりも、ずっと深刻に傷ついていた。

「ふふ……あは……ははははは……」

死体を枕に仰向けになり、黒雲のようなハエを見上げて永久は笑った。引きつったように。あるいは嗚咽《おえつ》するかのように。腐肉とウジにまみれた自分が、自分にふさわしいのだと思った。アイボールキラーの養母にボタンの目がふさわしいように。

もっと前、地下室と山村と小学校が世界のすべてだった頃は、なんでも自分で決められた。クトゥルフ神話の神々をカッコいいと思ったし、その力にも憧《あこが》れた。だけど世界が広くなった今は苦しさだけが押し寄せてくる。上っ面だけで判断されて、あの頃の本当のぼくを知る人はいない。子供の死体を送りつけても、親たちは後悔もせずに被害者面をしていたし、世間は彼らを糾弾しなかった。あの子たちが置かれた状況を憐《あわ》れんだりもしなかった。ぼくがしたことは無価値だった。あの子たちは、ただ死んだだけだった。その事実に永久は打ちのめされた。

目の前を黒雲のようにハエが飛ぶ。何匹かが顔に止まって、耳障りな羽音を響かせる。その音は永久に陰惨な死の現場を思い出させる。使命感に燃えていたから、あの頃はなにも感じなかった。汚いとも気持ち悪いとも思わなかった。ぼくはなんてバカだったんだ。自分の落ち度を認めることは、永久の心臓をキリキリ抉《えぐ》った。吐きそうになって横を向き、咳《せ》き込んで、目が染みた。

結局、あの子たちはなんのために生かされていたのか。愛してもらえず、復讐《ふくしゅう》もできず、悼んでもらうこともなく。

死はおわり。なにも生まない。ぼくは……ぼくが必死でしたことは……。

もっと叫んで、泣いて、暴れて、発散できたらよかったけれど、永久は上手《うま》く泣くことができない。涙はストレス物質を流し出すと保は教えてくれたけど、永久にはそれが難しい。ネグレクトや虐待を受けてなお、泣かない自分を親に見せて怖がらせるのが唯一の反撃手段だったから、泣き方なんか、記憶の彼方に追いやった。

ハエは容赦なく目に飛び込んでくる。腐敗汁の臭いは凄《すさ》まじく、毒が身体に入り込むのがわかる。それでも罰せられていると思えば気持ちがよかった。

脳裏に保の声がする。
——永久くん、過去は変えられない。償うことしかできないんだよ——

第三章　タモツの裏切り

警視庁八王子西警察署の庁舎は数年前に建て替えられたのだという。

癇癪《かんしゃく》を起こしてボディファームを荒らしたあと、永久はすぐさま体調を崩した。腐敗汁に潜む病原菌に感染し、酷い発疹《はっしん》と高熱が出たのだ。センターの病院に入院すること三日、体調が回復して外出許可が出るとすぐ、永久は八王子西署へやって来た。

そして新庁舎の立派な佇《たたず》まいを見上げて、これは『ハゲのおじちゃん』には似合っていないと思った。厚田警部補ことガンさんに似合うのは、エアコン代わりに扇風機がブンブン唸《うな》っているような古い警察署だ。けれども目の前にそびえ立つのは、緑地帯が設《しつら》えられて駐車場もエントランスも広く、ガラスで覆われた二重構造の外壁を持つ、近代的な建物だった。

「ほんとにここでいいのかな……」

自分自身に問いかけて、永久は誕生日に保がくれたメガネを掛けた。Tシャツに薄手のパーカーとデニムパンツという服装は、センターが用意してくれた品からのチョイスだ。普通の少年たちがどんな服装をしているのかは、ネットで調べて学習した。

「うん」

と永久は自分に頷《うなず》き、八王子西署のロビーへ入った。

痩《や》せ型ですらりと手足が長く、肌が白くて整った顔立ちの少年は目立つようで、ロビーカウンターの女性職員が顔を上げ、背筋を伸ばしてこう訊《き》いた。

「なにかご用ですか？」

どんなときにも永久は心拍数が上がらない。知らない場所でも警察署でもそれは同じだ。女性職員のほうへ歩いて行って、得意な笑顔をニコリと見せる。

「刑事課の厚田警部補に会いたいです。ぼくの名前は……」

ONEと言いたいところだったが、我慢した。

「児玉永久です」

職員は一瞬だけ怪訝《けげん》な表情を見せ、「お約束ですか？」と、また訊いた。

「約束はしていません」

迷うことなく答えると、

「少々お待ちください」

と言ってから、どこかへ電話をしてくれた。再び永久に顔を向け、

「そちらでお待ちになってください」

ロビーのベンチを手で指した。永久は素直にベンチに座った。

警察署のロビーは様々な人が出入りする。みんな一般人に見えるので、署員は別の出入口を使うのだろう。免許証の更新に来た人がいて、永久はいつか自分も免許を取ったり、車に乗ったりするのだろうかと考えた。センターにいる限りは必要のないことだけど。

そして自分はどうなっていくのだろうと、初めて将来のことを考えた。

償う時間はあるのかな。ZEROのまま死ぬのは、絶対にイヤだ。

「どうした坊主。プロファイラーに何かあったか」

考えていると頭の上で声がした。ヨレヨレの上着を羽織ったガンさんが、深刻そうな表情をして立っている。センタースタッフが保をカウンセラーと呼び、捜査関係者はプロファイラーと呼ぶのは、暗号か、合い言葉のようだと思う。

黙っているとガンさんは腰をかがめて永久の顔を覗《のぞ》き込んできた。

「どうした。な？　言ってみろ」

あまりに心配そうなので、薄笑いを浮かべて答えた。

「タモツは大丈夫。何もない」

「あ？　じゃあなんだ。ケンカでもしたか」

思いも寄らぬことを訊く。

「そうじゃなく、警部補に話があって来たんだよ」

ガンさんはチラリと周囲を見渡すと、永久を立たせてこう言った。

「そうなのか……じゃ、話を聞こう」

立ち上がってロビーを出て行く。カウンターがある場所を曲がると、その先に一般人は誰もいなくて、壁面にいくつものドアが並んでいた。

「昔はもっとオープンだったが、今は部屋が分かれてるんだよ。設備が充実したっていうか……こっちだ」

エレベーターの前で呼ぶので、

「比奈子お姉ちゃんの頃はどうだったの？」

訊くとガンさんは首をすくめた。

「昔の庁舎だったと思うぞ。すでに建て替えの話はあったが……実際は藤堂がいなくなってからだな、新庁舎に越したのは」

エレベーターが来ると、箱に入って二階を押した。てっきり刑事部屋に連れて行かれると思っていたのに、ガンさんが永久を連れて行ったのは会議室のような場所だった。テーブルと椅子がコの字形に置かれていて、ほかにはホワイトボードがあるだけの殺風景な部屋だ。永久を窓辺に座らせると、ガンさんは内線電話の受話器を上げた。

「何が飲みたい？　コーヒーでいいか？　ジュースもあるぞ」

「コーラは？」

訊くとガンさんは「倉島《くらしま》みたいなヤツめ」と、笑った。

「ダイエットコーラか、普通のか」

「普通がいいです」

電話で誰かに飲み物を頼んでから、永久の隣に来て座る。少しだけ椅子を後退させると、前屈《かが》みになって訊いた。

「で？　話ってなんだ」

永久は性急に喋《しゃべ》らない。相手の顔色を窺《うかが》って、最も効果的な話の進め方を模索するのだ。焦るといい結果を出せないことは、子供の頃に山村で教わった釣りで学んだ。

永久はゆっくり室内を見回した。

「静かだね。刑事はチームで仕事をするんじゃないの？　ほかのみんなは？」

ガンさんはフッと目を細め、俯《うつむ》いて首の後ろを掻《か》いた。微《かす》かにミントの香りがした。

「捜査本部が立ってるからな。みんなそっちに行っている」

「ここが捜査本部じゃないの？」

「警察署にいるのは刑事だけじゃないからな。施設の一部を捜査本部にして、そこに集まっているんだよ」

「知らなかった……そうなんだね……それで、犯人はわかったの？」

「いや、まだだ」

と言って、苦笑した。子供の遊びじゃないんだと、表情が語っている。永久は身体の正面をガンさんに向けると、自分の両膝《りょうひざ》を押さえて言った。

「ぼくも協力したいんだ。被害者の子とは殺される前の日に会ってるし、ぼくなら犯人の気持ちがわかるから」

「あ？」

ガンさんは眉根《まゆね》を寄せて、幾分か厳しい顔をした。けれども永久は怯《ひる》まない。

「比奈子お姉ちゃんの上司だったら知ってるでしょ？　ぼくも殺人者だったってこと。それってつまり、普通の人には考えつかない思考を持っているってことだよね。普通の人は人を殺したりしないから。それに、ぼくは壊れていて、残酷で、優しくないよ。タモツよりずっと潜入に向いていると思わない？」

眉間《みけん》に深い縦皺《たてじわ》を刻んで、厚田警部補は言葉を探す。瞼《まぶた》がたるんだ彼の眼は、瞳《ひとみ》の奥に熱い何かが宿っている。しばらくしてからガンさんは言った。

「壊れていて残酷で優しくない？　誰がそんなこと言ったんだ」

永久は背筋を伸ばして、ガンさんから少しだけ身体を引いた。

「みんなだよ。みんなそう思ってる」

「どこのみんなだ。センターのか」

首を左右に振ってみた。

「そうじゃなく、ネットに来ている人たちだよ。みんな言ってる。ぼくがどんなにイカれてて、残酷な悪魔かって」

ガンさんは薄い頭髪をガリガリ掻いた。おもむろにポケットに手を突っ込むと、銀紙を出してガムを吐き、丁寧に畳んでまたポケットに入れた。

「今回の事件を調べようとしてネットを見たのか？　坊主が過去に起こした事件が今回の事件と比較されて騒がれてるのを」

「そうだけど、そこは問題じゃなく……」

「問題じゃない？　どこが」

ガンさんは半立ちになり、腕を伸ばして永久の頭をガチッと摑《つか》んだ。前のめりになって頭を引き寄せ、一瞬だけ肩に抱えて静かに言った。

「大問題だろ……坊主と、この犯人は違うんだ」

なぜなのか、永久は鼻っ面を殴られた気がした。痛みではなく衝撃を感じ、鼻が詰まって、その奥がツンとした。ガンさんはすぐに永久を放すと、メガネを覗き込むように瞳を探して、永久を見つめた。誠実さを感じる目の色だった。

「いいか？　面白可笑《おか》しく騒ぐだけのヤツらなんぞは放っておけ。もしくは男らしく受け止めろ。坊主がエサを撒《ま》いたのは事実だし、一般人は上辺だけしか知らされないから仕方のない部分はあるさ。まあ、腹の立つこともあるんだが……」

ハッキリ言われても嫌な気持ちはしなかった。

「うん――」

揶揄《やゆ》されるきっかけを作ったのはぼくだ。それをしたのが子供の頃でも、過去を消すことはできないんだ。

「――うん、わかってる。厚田警部補、だから協力させてくれない？　ぼくは犯人を捕まえたいんだ」

「犯人を捕まえたいのは俺たちも同じだ。だから必死にやっている」

「協力させて欲しいんだ。ぼくなら犯人の気持ちがわかる」

そうだとも、違うとも、ガンさんは言わずにこう訊《き》いた。

「ここへ来たのをプロファイラーは知っているのか」

「知ってるし、協力させてくれると言ったよ。この件の責任者は厚田警部補だから、警部補の言う通りにしなさいって。ねえ、捜査は民間人の協力が不可欠なんでしょ」

「民間人って……なあ」

ガンさんは困った顔で永久を見た。ノックが聞こえてドアが開き、一緒にセンターに来ていた新米の女性刑事が飲み物を持って入ってきた。そして来客が永久だと知ると、またも目を丸くした。

「どうしたんですか？」

何を心配したのか知らないが、飲み物の載ったトレーを抱えて駆け寄ってくる。

「いや、何もないから心配するな。永久少年は『自分も捜査に協力したい』と申し出てくれたんだ」

ガンさんが言うと、彼女はその場に突っ立ったまま、

「法医昆虫学や晩期死体現象の知識で？」

と、誰にともなく訊いた。

「や、まあ、そういうことじゃなくて、だな……」

「ぼくなら犯人の気持ちがわかるって、そういう話をしていたんだよ。ぼくだって殺人者なんだから」

意地悪な気持ちで告げると、彼女はテーブルにトレーを置いて、永久の両腕を両手で摑み、真っ正面から瞳を覗《のぞ》いて訊いてきた。

「まだ殺人者なんですか？」

永久は驚き、眉《まゆ》をひそめた。

「永久さんの事情なら、ガンさんから聞いて知ってます。でも、永久さんは今も殺人者なんですか？」

答えに窮してガンさんを見たが、助け船を出してくれそうもないので言った。

「たぶん、もう、殺さない。タモツと約束したから。でもこれは償いで……ぼくは償いをしなきゃならない。だから捜査に協力させて欲しいんだ」

堀北刑事は腕を放した。そして唇を嚙《か》むような顔をして、少しだけ微笑んだ。

「ちょっとだけ私の話をしても？」

「いいけど、なに？」

と、永久は怪訝《けげん》そうに問う。

「当然ですけど……過去はどうやっても、どんなにがんばっても、いろいろ考えてあれこれやっても、変わらないんです。でも未来なら変えられる……実は私、厚田班に配属を望んでいた先輩の遺志を継いでここに来たんです。その人は伝説の女刑事に憧《あこが》れて、ここに配属されるのが夢だったから」

「藤堂のことらしいや――」

ガンさんは苦笑した。

「――ここでは『伝説の女刑事』どころか、『猟奇犯罪者ホイホイ』と呼ばれていたがな」

「だから？」

永久は首を傾げた。それと自分にどんな関係があるというのか。

堀北はニッコリ微笑んで、

「つまりは先輩の一言が、私のその後を変えたんです。先輩と出会わなかったら、私はきっと刑事じゃなくて、交番のおまわりさんになっていたと思うんです。でも私は今、ここにいる。先輩の分までがんばるために……未来なら、そんなふうにして変えることができます。永久さんの過去は変わらなくても、未来は変わるし、誰かを変えることだってできる。過去は過去。殺人の記憶に縛り付けられないでください。永久さんはもう殺人者じゃないわけだから」

彼女が何を言いたいか、永久にはよくわからなかった。もう殺人は犯さなくても、殺人者だったことは事実じゃないか。事実を知った他人の反応だって、変わることはないはずだ。たとえばぼくが善人になっても、やっぱり過去は変えられない。

堀北刑事はカップ入りのコーラを永久の前に置き、ガンさんにはコーヒーを置いて後ろに下がった。頭を下げて出て行こうとすると、ガンさんが訊いた。

「堀北。向こうの様子はどうだ？」

彼女は当たり障りのないよう言葉を選んだ。

「倉島さんと清水《しみず》さんがまもなく戻る予定です」

「片岡《かたおか》と御子柴《みこしば》は？」

「まだ聞き込みの最中だと思います」

「そうか……夜食はほかに、甘いものと梅干しを用意してくれ」

「承知しました」

彼女がドアに手を掛けたとき、

「ねえ、堀北刑事」

思わず永久も呼び止めた。

「その先輩刑事は、どうして自分が厚田班に来なかったの？」

彼女は振り向き、優しい顔で微笑んだ。

「来られなかったんです……先輩は亡くなりました」

「死んだんだ……じゃあさ、堀北刑事は自分を捨てて、その先輩になろうとしているってこと？」

どうしても理解できないので訊いた。それが善行の選択だと言うのであれば、ぼくは殺した人の代わりにどうなればいいのか。セリ先生の代わりなら想像が付くけれど、子供たちは幼すぎたし、ほかの一人はぼくよりもっと残忍でイカれていた。

「代わりとかじゃないんです」

寂しげだけど爽《さわ》やかにも見える顔で彼女は答えた。

「たしかに先輩はもういないけど……」

彼女は自分の胸に手を置いて永久に微笑んだ。

「私の何分の一かは彼でできているんです。だから私は先輩を背負って生きていく。それは力で、希望でもあり……上手《うま》く言えないけど、永久さんだって、経験を無駄にしないよう生きていけると思うんです」

堀北はニッコリ笑うと、永久に頭を下げて出て行った。結局のところ、彼女の話はよくわからない。だから永久はガンさんを見て訊いた。

「甘いものと梅干しって関係あるの？」

未来は変わると言うけれど、厚田班に来たかった当人が死んで、変わった未来に存在しないなら、それにどんな意味があるのか、永久にはよくわからない。

「ここはセンターとは違うからな。食堂も六時には閉まっちまうし、夜中も仕事が続くから、疲労回復と眠気覚ましに梅干しと、あと、脳みその栄養が必要になる。そういうのを準備するのが新米刑事の役割だ。ちゃんと理由があるんだぞ」

「どんな理由？」

「刑事は人間相手の商売だからな、相手の気持ちを推し量る訓練だ。先輩刑事の焦りやイライラや疲労を察知して必要なものを提供し、捜査の効率を上げるんだよ。藤堂比奈子は達人だった」

「いまの人は？」

「訓練中だよ」

自分のコーヒーを飲んでガンさんは言った。

「坊主の言うとおり、民間人の協力は確かに必要なんだが……捜査情報を漏らすわけにはいかねえんだよ。まして坊主に捜査協力させるなんてのは言語道断だ。坊主に能力がないと言ってるわけじゃないからな？　そこは勘違いしてくれるなよ」

「わかるけど、それは建前でしょ？　だからさ、厚田警部補はぼくに聴取をすればいいんだ。それなら抵触しないよね」

「何の聴取だ」

「吉田美思ちゃんについての聴取だよ。失踪《しっそう》前日、ぼくはあの子に会ってるんだし」

「その話は聞いたよ。傘をもらったんだろ。なんか変わった様子があったのか」

「ないよ。とてもいい子で、お母さんも優しそうだった」

ガンさんは鼻から大きく息を吐く。永久は続けた。

「眼球についても調べたんだ。アイボールキラーとか」

「なんだそりゃ」

「テキサスの殺人犯だよ。セックスワーカーを殺して眼球を奪った外科医崩れの」

「今回の事件はそれを模倣してるってか」

「そうは言ってない。でも、実際に似たような事件は起きているんだ。たぶんだけど、目って特別な器官で、魅力的なんだよ。コレクションするならさ、心臓より目の方がいいと思わない？」

「犯人がコレクションしてるってか」

わざと難しい顔をして、ガンさんは二度ほど頷《うなず》いた。

なるほどな……と、心の声が聞こえる気がした。

「坊主……」

「ONEだよ」

「ううむ……じゃあONE。その、なんだ……情報はありがたい。ただな……」

ガンさんは永久から目を逸《そ》らし、宙を睨《にら》んで言葉を探った。

「捜査本部が立ったら、いろんなとこから山ほど情報が上がってくるんだよ。それらを精査して、捜査員同士で共有しなくちゃならねえんだが」

「うん」

「窓口が多すぎると捌《さば》ききれねえ。それはわかるな？」

「ぼくから警部補に直接話をしちゃダメってこと？」

「そうだ。プロファイラーを通してもらえると助かる。坊主の情報はセンターのものとして一本化したい。でな？　センターの役割は追跡や逮捕じゃなくて犯人のプロファイリングだ」

「それがタモツの役目だからだね」

「そうだ。俺たちだって捜査は手分けしてやるんだぞ。それぞれに役割分担があって、全部を一人が捜査するわけじゃない」

「わかった」

厚田は人差し指を立てて言う。

「坊主の潜入に関しては、俺じゃなくてプロファイラーに相談しろ。わかっていると思うが、あれは危険な方法だ」

その指を永久に向け、「悪魔の技だぞ」と、怖い声で言った。

「はい」

永久は頷く。心の中では(とっくに悪魔だ)と、考えていた。

「資料は逐次送るから、プロファイラーから見せてもらえ。勝手にやるなよ」

「勝手には閲覧できない。パソコンはタモツの生体認証がないと」

「ならばよし」

「それじゃあさ、たとえばぼくが凄《すご》い情報を手に入れたとして、どんな場合もタモツから警部補に連絡するの?」

「なんだ、凄い情報って」

「たとえばだよ」

答えたとき、突然、脳裏に雨の公園が浮かび上がった。あの日よりも鮮明に、音や臭いや湿り気を感じた。バラを濡《ぬ》らす水滴すらもスローモーションのように浮かんで見えて、音が聞こえた。雨の音とも風の音とも車の音とも違う音だ。

「どんな情報も一本化してくれ。頼んだぞ」

「わかった」

永久はもう、ガンさんとの会話に興味を失っていた。

せっかくもらったコーラだから、一口だけ飲んで立ち上がる。

「じゃあ、ぼく帰るね。厚田警部補、忙しいのに話を聞いてくれてありがとうございました」

丁寧に頭を下げるとガンさんは言った。

「いや、まて。送っていくから」

「勝手に歩き回られちゃ困るんだ?」

「そういうことだ」

苦笑いしながらガンさんは部屋から永久を出し、廊下で再びエレベーターを呼んだ。たかが二階なのに階段を探して歩き回らないのも、セキュリティの問題だろう。永久は素直に指示に従い、ガンさんに見送られて庁舎を出た。

エントランスの庇《ひさし》の下で頭を下げて、永久が通りの向こうへ消えると、厚田警部補はそれを見送ってから死神女史に電話をかけた。

「あたしだよ――」

電話に出るなり女史は訊《き》く。

「――何か進展あったかい？」

「そうじゃないんですがね……たったいま永久少年が俺を訪ねてきました」

「えっ、どこへ。八王子西署へかい？」

「そうです。女児惨殺事件の犯人捜しに協力したいってことでしたがね」

通話をしながら、厚田は再び二階の会議室へ戻った。今度はエレベーターではなく階段を使う。死神女史はまた訊いた。

「で？　警部補はなんて答えたの」

踊り場で立ち止まって厚田は言った。

「彼については、いろいろと話を聞いてますからね、むげに断ることはしませんでした。民間人の協力には感謝するけど、センターの情報はプロファイラーに一本化してくれと……捜査情報が錯綜《さくそう》すると面倒だからと」

「そうしたら？　それで納得したようかい？」

踊り場には明かり取りの窓があり、磨りガラスがはまっている。外の景色は見えないが、空の青さが透けていた。彼は頬を掻《か》きながら、ポケットに手を入れてペパーミントガムを取り出した。タブレットタイプではなく昔ながらの板ガムだ。スマホを肩で押さえつけ、紙を剥《む》きながら溜息《ためいき》を吐く。

「どうでしょうね。納得したのかしないのか、丁寧に挨拶《あいさつ》して出て行きましたが」

そのときの様子を思い出しながら厚田は告げた。

「今回の事件……マスコミに眼球のことは伏せてますがね、小さい子が犠牲になったことで坊主の事件がクローズアップされてんですよ。坊主のほうも、どうやらそれを知ってるようで……」

「荒れてたかい？」

「ならいいんですが、や、よかねえか……むしろ静かで不穏でしたよ」

念のため「大丈夫ですよね？」と付け足すと、意外にも女史は唸《うな》った。

「うーん……そうか……そうだねえ……」

「大丈夫と言っちゃくれないんですか？　坊主の目を見ましたがね、真っ直ぐで、なにか企《たくら》んでる感じはなかったですが……でもなぁ……あの児玉永久ですからね……俺は心配なんですよ」

永久がシリアルキラーのクローンで、子供の頃に連続猟奇殺人事件を起こしているということに、厚田は不安を感じているのだ。殺人衝動や性格は遺伝しないと信じたい。けれど安心の根拠は皆無だ。永久は人類初のヒトクローンなのだから。

「わかるよ、わかる。あたしもさ――」

死神女史も溜息を吐いた。

「――そうだね……わかった。あたしからプロファイラーに電話しとくよ。彼のことだから色々把握しているとは思うけど、永久少年の行動範囲が広がっていくと、把握し切れない部分も増えるだろうし……かといって、一生あそこに閉じ込めておくわけにもいかないしねえ」

「遠っ走りを始めた子供を案じるみたいなもんですかね。自立は成長の証《あかし》だが心配もある……親ってなあ大変ですねえ」

「ついに思春期を迎えたんだよ。凍り付いてた心がさ、ようやく成長し始めたんだ。めでたいと言えば、めでたいんだけどね」

死神女史が通話を切ると、厚田警部補は人差し指の甲で鼻をこすって「ふん」と言い、ガムを嚙《か》みながら階段を上って行った。


八王子西署を出た永久は、一時間以上かけて移動して、母子に傘をもらった公園を訪れた。正直に言うと公園へのルートは覚えておらず、同じ駅に降り立って、見たことのある道を行き、あの日人混みを避けて逃げ込んだ路地を懸命に探した。

他の人たちのように、ぼくもスマホを持っていればよかった。そうすれば公園の場所もすぐにわかって、ミクやタモツとオンタイムで連絡が取れるのに。

センターでは『無くても不便でない物』が、外では必要になってくる。あの場所は特殊なんだとまた思い、そこで生涯を閉じる人の特異性を考える。そして、彼らも自分も隔離された存在なんだと理解する。

ぼくは外へ出られたけれど、これから先はどうするんだろう。

街は雨の日と同じようにゴミゴミとして活気に溢《あふ》れ、歩き回るうちに道を見つけた。建物と建物の隙間をだいぶ歩いて、ようやく川の脇にある小さな公園にたどり着いたのだ。公園のトイレが車道に接しているという話を思い出し、ぐるりと周囲を歩いてみた。バラはまだ咲いていて、高貴な香りが漂っている。よく調べると、防犯カメラは二台設置されていた。一台は雨宿りした東屋《あずまや》に向いており、別に公園全体を俯瞰《ふかん》できるカメラがあった。おそらくこっちのカメラがトイレを映していたのだろう。

公園の設備は多くない。花壇、砂場、滑り台とブランコ、水飲み場とトイレ、ベンチがあるだけ。平日の午後なのに閑散として人影はなく、砂場に赤いバケツと黄色いシャベルが、さらわれた子供の帰りを待つかのように放置されていた。

トイレの裏が車道だが、車は停《と》まっていなかった。駐車禁止の標識がないので、近くのマンションへ来た人がちょっと止めるのに便利そうだが、事件を知れば停めにくいのかもしれない。防犯カメラの死角になっていた灌木《かんぼく》はすでに刈り込まれていて、周辺住民のショックと恐怖を感じさせた。

美思ちゃんのマンションがそびえている。部屋から公園が見えると聞いた通りに、どの部屋も公園側に窓がある。どれがあの子の部屋なのか。見上げても、本人はもういないのだ。お母さんはどうしているだろう。

愛情と優しさに溢れた人ばかりが子供のために泣くんだと考えて、複雑な気持ちになった。あの子は愛されて、愛されて、それ故にまた親を泣かせる。愛されなかった子供の親は自分のためにしか泣かないというのに。

唇を引き結び、アルミの雀が何羽も止まっている柵《さく》をわざわざ跨《また》いで、永久は公園に入って行った。あの日とは別の入口だから、バラの花壇と東屋の全景が見える。母子は花壇を通ってやって来た。ぼくは東屋で雨宿りしていた。カメラの位置は変わっていない。もう一台のカメラは公園全体を捉《とら》えているけど、角度がトイレ向きだから東屋は映らない。だから東屋に向けて一台あるんだ。

歩きながら雨の音を思い出す。湿り気と冷気、眠気を誘う一定のリズム。母子が来て短い会話を交わしていたとき、なにかの音を背後で聞いた。

永久は公園を見渡した。出入口は二カ所だけ。一つがバラの花壇であり、もう一つがトイレ脇にある雀の柵だ。公園は三方が道路に接してフェンスで囲まれ、隣接地にはビルが建っている。公園側にあるのは小さな窓で、ビルのトイレか何かだろう。

マンション側の道路はあまり広くない。建物は道路と接してエントランスはなく、代わりに植栽があるだけだ。一階部分は地下への通路。駐車場が地下にあるタイプで、庇の下に入れば雨宿りができる。

園内を突っ切って東屋に向かい、立ち止まってマンションを見た。

「ぼくがいたのがここ」

と、ベンチを見下ろす。見ていたのはバラのほう。そちらがもう一つの入口だ。

目を閉じて雨の音を聞く。記憶のそれはまだ鮮やかで、相合い傘の二人が見える。あんな家族が欲しかった。あんなふうにママに愛して欲しかった。美思ちゃんが抱きしめていた透明の傘、ホームレスの人にあげてしまった。二人が近づいてきてぼくと話した。雨はザアザア降っている。お兄ちゃん、どうぞ。言われてぼくが手を伸ばし
……そのときだ。音がしたのは。

永久は目を開け、音のした方を見た。

マンションがある。でも、音との距離はもっと近かった。フェンスのあたりからだと思う。近づいてみると、フェンスに絡みついた蔓草《つるくさ》の一部に引き千切られた痕跡《こんせき》があった。バラの花壇から外へ出て、フェンス側に立ってみた。斜め正面に東屋があり、

ベンチに座るぼくの背中が見える位置。ここからだと、あの子と母親は正面が見えたはず。蔓草がなければ写真が撮れる。

「シャッター音だ」

永久は呟《つぶや》き、その位置が防犯カメラに収まっただろうかと確認したが、残念ながら角度的に難しそうだった。

誰かが写真を撮っていた。でも、ぼくが来たのは偶然で、あの子が来たのも偶然だから、ここで何かを待っていて、偶然ぼくらを撮ったのか、それともマンションの庇の下で雨宿りしていて、ぼくらを見かけて撮ったんだろうか。

見に行くと、隅にタバコの吸い殻が落ちていた。三本もあって、すべて同じ銘柄だった。永久はポケットからハンカチを出し、吸い殻を包んでポケットに入れた。外出も二度目になると見様見真似で準備が整う。その位置から公園を振り向くと、やはり東屋と花壇が見えた。永久は頷《うなず》き、その場を離れた。

ビニール傘を差したあと、ぼくはしばらく雨の音を聞いていた。そのときもシャッター音はしていたろうか。それとも音は偶然で、事件と関係ないのかも……そんなはずはないとすぐに思った。誰が好き好んで雨の中、見知らぬ他人を撮るだろう。あの子がずっと狙われていたら？　ストーカーのようにあの子を付け狙い、一人になるのを待っていたなら？　犯人はあの子の近くにいる人間だ。そして殺す前の写真を撮った……一枚だけ？　それはどうなんだろう。撮るなら雨の日でなくてもよかったはずだし、あのとき撮りたい理由があったのか。

永久は同じルートを歩いて戻った。あの日すれ違った人たちのことを思い出そうとしてみたけれど、会話した女の子や怪しい芸能事務所の大人の顔すら曖昧《あいまい》だった。母子《おやこ》のほかに覚えているのは、傘をあげた老人だけだ。

あの日と同じに日が暮れて、様々な明かりが街に点《つ》き、雑踏の主が会社帰りの人々に代わる頃、永久は老人を捜してうろうろと駅周辺を歩いていた。同じ場所に老人はおらず、もう少し若いホームレスが足を投げ出して座っていた。老人はたくさん荷物を持っていたからすぐ見つけられると思ったのに、行き交う人々の中に姿は見えず、そもそもそんな人物がいたことすらも幻のように思われた。足を投げ出すホームレスの前に立って雑踏の街を眺め、そして永久は考えた。

老人からは死臭がしていた。あの人は離れた世界で生きていた。そういう人が死期を知ったら、死に場所をここに選ぶだろうか。ボディファームは街になく、死んで行き着く場所もない。けれども最期は動かない身体を引きずって、ゆっくりと、安らかに眠れる場所に行きたいのでは？

永久は足早にその場を離れ、人目に付かず、人通りもなく、暗くて静かで涼しい場所を探した。そして駅裏にある自転車置き場のその先の、敷地境界線とフェンスの間のわずかな隙間のすぐ前に、段ボール箱や空き缶を積んだカートが置かれているのを見つけた。透明なビニール傘がカートに差してある。駆け寄ってカートの奥を覗《のぞ》き込んだとき、ブンブンとハエの音がした。

幅六十センチほどの隙間には、雨樋《あまどい》が吐き出す水を求めて日陰の草が茂っている。老人はその上に、ボロ切れみたいに横たわっていた。うつ伏せで顔は見えなかったが、死んでいることはすぐにわかった。ボディファームにいるうちに、臭いである程度の予測ができるようになったのだ。魂が抜け、腐り始めたところだと思う。

おじいさん……と、心の中でつぶやいた。

出生を呪った両親の代わりに永久を案じてくれたのが、遠くに住んでいた祖父だった。だから年寄りには親しみを感じる。この人に傘をあげたとき、無意識に祖父を重ねていたのだろうかと永久は考え、結局は祖父にも捨てられたのにバカみたいだと思ったりした。きっとこんなふうに死んでいくんだ。センターに収監されていなかったなら、ぼくも、タモツも、こんなふうに死んでいたんだ。

老人が枕に選んだ名もなき草には、みすぼらしい花が咲いている。彼は身体を棒のように突っ張ったまま、草に顔を突っ込んで倒れていた。わずかな隙間にはまり込むには、その姿勢しかなかったのだ。彼のことは誰も知らない。その死を誰も悼まない。

腐敗が進んで悪臭が発生して初めて、人は臭いの元を探すのだ。

ビニール傘を使ったのかな。ぼくは役に立てたんだろうか。

あまりそうではないと思った。永久は静かに後ずさり、駅前の交番に行って伝えた。

駅裏の自転車置き場の先に荷物を積んだカートがあって、奥で人が倒れています。

若いお巡りさんは永久の名前と連絡先と住所を聞こうとしたけれど、素直に答えるふりをして、書類を取りに戻った隙に人混みに紛れて逃げた。電車に乗って車窓に映る夜景を見ながら、永久はまだホームレスのことを考えていた。道端にうずくまっていたお爺《じい》さんは透明人間だった。人々は目もくれずに行き交って、雨は容赦なく降っていた。強引に傘を握らせたとき……。

「あ」と、永久は目を上げた。

シャン。あのときもシャッター音を聞いたぞ。

車窓にはメガネで瞳《ひとみ》を隠した自分が映っている。芸能事務所の人がぼくを隠し撮りしたのかな、でも彼と会ったのは公園より後だ。二つの音は偶然か。

乗客は誰もがスマホをいじっている。シャッター音はしていないけど、外では誰もが普通に他人を撮るのだろうか？　撮って、いったいどうするんだろう。

保を真似てメガネフレームを指で押し上げ、永久は次の作戦を考えた。

同日夜九時。

センターに戻ると、永久は金子の部屋を訪れた。金子の就寝時刻は午後十一時。十時半の入浴まではコンピュータ言語を摂取している。ノックして、

「ミク？　ぼくだけど、入るよ」

と、静かに告げたが、いつものように返事はなかった。

この時間に金子の部屋を訪ねるのは初めてだ。昼少し前から午後にかけては一緒に過ごすことが多いけれども、金子は規則正しい生活を好むので、それ以外の時間に遊びに来たりはしないのだ。ドアを開けて部屋に入ると、壁を覆うモニターのひとつに永久の後ろ姿が映っていた。今日は外出していたから、金子は防犯カメラのデータで足跡を追いかけていたようだ。

「ただいま」

と、永久は言い、

「いいことをしてきた」

と、付け足した。

「駅の自転車置き場より奥はカメラなしだと思うから、見えなかったよね？　そこでお爺さんが死んでたんだよ。駅前の交番に行ったところは見てたでしょ？　おまわり

さんに知らせたよ」

金子がモニターに映像を出す。二時間ほど前、駅裏の自転車置き場にパトカーが停《と》まっている映像だ。

「死体を回収したんだね。外にはボディファームがないから、警察がお葬式を出すのかな」

金子は何も答えなかった。

「それでね、あの公園に行ってきたんだ」

かまわず永久は先を続けた。どうしても金子の協力が必要だ。近くへ行って肩に手を置き、金子ではなくモニターを見て言う。

「吉田美思ちゃん殺害事件の捜査だけどさ……厚田警部補のところへ行ったとき、突然思い出したことがあるんだ。公園の防犯カメラを見てたでしょ？」

「公園」

と、金子は短く答えた。

「ぐるっと周りを見たんだよ。それでね、ぼくがあの子に傘をもらったときだけど、誰かが写真を撮っていたんだ。シャッター音を聞いたんだよ。犯人があの子をずっと狙っていて、事件の前に写真を撮ったのかもしれない。あの日は雨で、雨宿りできそうなのは東屋だけど、そこにはぼくが座っていたから、写真を撮った人はマンションの庇の下にいたのかもしれないと思って、行ってみたらタバコの吸い殻が落ちていた」

永久は金子をのぞき込み、

「守衛室で書類を書いて持ち込んで、タモツに渡してきたんだけどね」

と、補足した。

「死神博士にDNAを調べてもらうって。遺体に体液が付着していたから重要な証拠になるかもしれないって。でね？　話は変わるけど、ミクに教えて欲しいんだ。『外』ではみんなスマホを持っているでしょう？　電車に乗っても、歩いていてもスマホを見てる。あれで写真も撮れるけど、写真を撮って、どうすると思う？」

金子はモニターにSNSを呼び出した。様々な動画や画像やコメントがブロック状に表示されている。

「SNSは知ってるよ。自慢したくて発信するんだ。でもさ、隠し撮りした写真って、こういうとこには載せられないよね？」

永久は金子の前に一枚のプリント写真を置いた。

吉田美思ちゃんの生前写真をコピーしてきたものだ。

「これが傘をくれた美思ちゃんだよ。ネットニュースを調べても写真がないから、タモツがもらったやつをコピーしてきた」

金子に確認させてから、スキャナーにセットしてデータを取らせた。

「ネットに美思ちゃんの画像がないか調べてよ。吉田家のブログとSNSはあったけど、人物の写真は載せてなかった。お弁当とか公園とか、そんなのしかなかったよ。プライバシーにはきちんと配慮していたみたいだ」

金子はスキャンデータをモニターに呼び出して顔認証ソフトを起動した。検索をかけると、凄《すさ》まじい速度で明滅しながらソフトはデータの海を行き、そしてcannot find.と、冷たく答えた。

金子は条件を追加した。通常とは別のソフトを動かすとモニターは明滅し、すぐに止まった。灰色の画面に宗教色の強いタイトルページがブワッと浮かぶ。

——リアル天使掲示板——

「出た」

と、永久は小さく叫んだ。

——よい行いをする天使のような人たちを賞賛します——

品のいいフォントを用いて一行だけのコメントがある。

「ここにあの子の写真があるの？　何のサイト？　入っても大丈夫かな」

金子はバックヤードに文字列だけの画面を出すと、ものすごい速さで操作してからEnterキーを押してサイトに入った。普段は亀のように動きがないくせに、パソコンの操作は速すぎて、何をしているのかよくわからない。彼の手の動きは優雅で複雑、指揮棒のように杖《つえ》を振る魔法使いに見える。

サイトに入ると、それは閲覧写真が何枚もブロック状に表示されているページであった。国内の写真もあれば海外から投稿されたとおぼしきものもある。どの写真も微笑ましいショットばかりだ。転んだ友だちを助け起こしている子供、お婆さんの手を引いて横断歩道を渡る青年、被災地ボランティアの集合写真……賞賛されるべき行いが、ショットで切り取られて載せられている。サイトにあるのは画像のみで、キャプションもなければ、写真が撮られた日付や場所や、もちろん被写体の情報もない。画像の隅に数字が書かれているのみだ。

画面右上に投稿用のキーを見つけて、永久は押してみたいと金子に言った。『投稿』を押すと汎用《はんよう》画面が現れて、投稿画像の権利侵害などに関する一般的な注意喚起と、投稿画像のデータ規定などが現れた。ほかにはサイトの管理人にメールする窓があり、運営者のプロフィール欄には『たとえささやかな善行であっても、神は見ている』と書かれていた。運営者の名前は『愛』だ。

「パパを思い出す感じ」

永久は吐き捨て、プロフィール画面を離れるよう金子に指示した。

「きれい事で誤魔化している感じがプンプンするね。聖書にちゃんと書いてある。反キリストは光をまとって現れるって、知らないのかな」

金子は答える代わりにページを進めて、サイト内に投稿された美思ちゃんの画像を表示した。写真は三枚の連作で、雨の日に、公園で、美思ちゃんが美しい少年にビニール傘を渡すシーンが写されていた。

「やっぱり」

永久は全身に鳥肌が立った。自分の推理が当たったことへの高揚で、ゾクゾクと鳥肌が立ったのだ。思った通り、金網の奥から撮っている。ぼくの背中のほうからだ。前にいて傘をくれた美思ちゃん、手を振って見送るぼくと、公園を出て行く二人。まだ画像を見ているのに、金子はページを移動した。

文句を言おうとすると、モニターに自分の姿が大写しになってギョッとした。

永久は雨に濡《ぬ》れている。髪を濡らして地面にしゃがみ、美思ちゃんからもらったビニール傘をホームレスの老人に握らせている。哀れみではなく、同情でもなく、むしろ得意げな表情の自分を見せられて、恥ずかしさに赤くなる。

「どうしてぼくの写真まで……」

やはり金子は答えない。画像の数字は1・5。美思ちゃんの数字は0・2だ。

「この数字は何かな？」

訊《き》いても金子に変化はない。通し番号ではないし、中途半端な数にも見える。写真の片隅に小さくあるだけなので、サイト独自の管理番号なのかもしれなかった。

「どうしてぼくが載ってるの」

問いながらも、答えは頭に浮かんでいた。シャッター音だ。この人物は公園にいて、あの子とぼくの写真を撮って、そのあとぼくを付けたんだ。

「ミク。この日の映像を保存した？　防犯カメラのデータだよ。公園から駅までぼくを付けてきた人がいるはずだ。もしかしてそれが犯人かも……調べてみる価値があると思わない？　ねえ、思うでしょ」

金子が申し訳なさそうな顔で俯《うつむ》いたから、保存していないとわかった。カッとなりそうな気持ちを懸命に抑える。保存してなくてもミクのせいじゃない。ミクはストーカー気質じゃないし、データでぼくを追ってきたのも、ぼくを心配していたからだ。ミクはひとつも悪くない。怒るのは間違っている。

「いいんだ。気にしないで」

と永久は言い、別のことを考えた。

防犯カメラのデータは常時上書きされている。だから警察は急ぐんだ。必要な分はすでに押収されて、厚田警部補たちが確認しているだろう。美思ちゃんが誘拐された日の不審車両、美思ちゃん自身の姿、遺体を遺棄した池の周囲や、胃の内容物にあったジャンクフード、ジャンクフードを売っている店、それを買った人物も追いかける。そうか、捜査はそういうふうにやっていくのか。

「犯人……もう浮上したかもね」

そのとき金子が小さく言った。

「……デンワ」

モニターの片隅で『TAMOTSU』のマークが点滅している。どこからか電話がかかってきたようだ。

「盗聴できる？」

金子は頷《うなず》き、音声を拾った。

普通のスタッフと違い、犯罪歴がある保に外から電話が来ることはない。比奈子への電話は保からしかかけられないし、相互に連絡を取り合えるのは保の身元保証人である石上妙子だけだ。だから電話は死神博士だ。捜査に進展があったんだ。

悪いことをしているという認識はなかった。ミクなら自在にどこともつながれるということを面白がっただけだった。人は現実世界の外にデジタルでつながる世界を創った。そうしておいて二つの世界を自在に行き来する可能性に不安を感じないのは不思議なことだ。人が創った世界なら、人は切符を手に入れられる。

――あたしだけどさ。今いいかい？――

死神女史の声がした。

――石上先生、どうされました？――

保が応答する声だ。永久はクスクス笑っていたが、会話を聞くと真顔になった。

――タバコの吸い殻は、明日そちらへもらいに行くよ。一応鑑定してみるつもりだ。永久少年はがんばっているね――

――お手数をおかけします――

マンションで拾った吸い殻のことで連絡してきたのかなと思う。

――それとは別に、さっきハゲから電話があってね。今日、永久少年が厚田警部補のところへ行ったそうだけど、知ってたかい――

ところが電話の主旨はそうではなかった。まさか自分の話題だなどとは思いもしない。八王子西署へ行くことは保に伝えてなかったが、それは嘘をつくのとは違う。どこへ行ってきたの？　と保が問えば、正直に答えるつもりでいたのだけれど、保はうるさく訊いたりせずに、どうだった？　と微笑んだだけだった。

――いいえ。何かあったんですか――

緊張した。自分について、知らないところで、話されることに怯《おび》えを感じた。

――永久少年は自分も協力させて欲しいと言いに来たって。警部補としては、センターの情報はプロファイラーにまとめてもらって、こっちへ報告して欲しいと話したそうだよ――

――そうですね。ぼくもそう言ってあります。指揮官は警部補なので、彼の指示に従うようにと——

死神女史が「ふん」と笑う音がした。

——それでわかった。あの子は筋を通しに来たんだね——

「筋を通すってどういう意味？」

永久は金子に訊いたけど、金子は視線を逸《そ》らしただけだ。

——永久くんは賢い子です。そしてとても素直です。あんなふうに育ったのに心が捻《ひね》れていないのは、他者との接触が極端に少なかったせいでしょう。体も心も成長期を迎えて、彼はもがいているんです。土が硬すぎて芽吹けなかった双葉みたいに、頭の上にあるものを懸命にはねのけて、芽を出そうと闘っている——

——大丈夫そうかい？——

と、女史が訊く。

大丈夫ってどういうこと？　どうしてみんな同じことを訊くのだろう。

思いつくのは自分が『信用されていない』ということだ。過去があるから信用されていないんだ。外へ出して大丈夫かい？　と、死神博士は訊いている。また事件を起こすんじゃないの？　そう訊きたいのに違いない。混乱で指先が冷たくなっていく。

——石上先生が心配しておられるのは永久くんのメンタルですか？　それとも永久くんが暴走する可能性ですか？——

──両方だよ──

──主観で答えていいなら、ぼくは彼を信じたいです──

保の言葉は胸に響いた。でもタモツ、ぼくは本気で犯人を捜したいんだよ。正体を暴いて、あの子の復讐《ふくしゅう》をして、刑務所に入れてやりたいんだよ。

──永久くんには捜査に協力することが必要なんです。彼は償いをしたがっている。ぼくは彼が自分を救う道を閉ざしたくない。現場へ直接出向かなくても、ぼくがプロファイリングを教えてもいい。永久くんならば、きっと真剣に学ぶでしょう──

──言いたいことはわかるけど、あの子もプロファイラーにするつもりかい──

──彼が望めば、ですけれど……法医昆虫学や晩期死体現象の知識もあるから、犯罪抑止に貢献して、多くの人を救うでしょう。犯人さえ救うかもしれない──

どうしてぼくが犯人を救うの？

永久は保の言葉の真意を測りかねた。言葉通りに聞くのなら、過去に照らして永久が犯人側に立つ可能性を示唆しているように取れたのだ。この犯人は永久にとって憎むべき鬼畜で排除の対象であるにも拘《かか》わらず、どうして自分が救うのか。

──あんたには参るね──

と、言ったあと、死神女史は話題を変えた。

──ところで、被疑者が浮上したってさ。イマドキは便利というか、恐ろしいねえ。

カメラのない場所を探すほうが難しい。なんでもかんでも見られているから――

続いて警部補からの情報を保に伝えた。

――被害女児が消えた日曜の正午、公園周辺の防犯カメラに灰色の軽自動車が映っていた。ほかの車もあったけど、遺体が遺棄されたとおぼしき月曜から水曜にかけて、柚木の公園周辺で録画された車両と照合したら、一台だけが合致したそうだ。持ち主は多摩《たま》市在住の六十代男性で、土曜の夜から火曜まで、引っ越しに使うから貸して欲しいと頼まれて、息子に車を貸していたそうだ――

――遺体を遺棄したのは月曜の夜から未明ということになるのでしょうか――

――日曜にジャンクフードを食べたとして、直後に殺害されたなら消化具合と齟齬《そご》はない。遺棄現場イコール殺害現場じゃないし――

――遺棄されたのは八王子。拉致《らち》されたのは調布《ちょうふ》市でしたね――

その通り。と、女史は答えた。

永久は地理的な情報を気に留めてこなかったし、そもそも外のことはよくわからなかった。でも、雨の日にセンターからバスと電車を乗り継いで、降りた駅の名前は覚えている。

「布田《ふだ》駅って調布市？」

訊《き》くと金子はモニターに布田駅の情報を呼び出した。調布市 国領町《こくりょうちょう》 五丁目とある。

そうか、あの子が拉致された公園は、調布市ってところにあったのか。

——六十代男性の息子とはどんな人物ですか？——

——小島田克人《おしまだかつと》三十二歳。一人っ子で独身。万引きと窃盗で補導歴あり。職業はフリーの設備屋で、管理会社から被害女児が住むマンションのメンテナンス工事を請け負っている。事件前日の土曜日は空調設備のメンテナンス依頼があったそうだよ——

——女児と一緒にいるのが確認できたとか、小児性愛者とかの情報が？——

——そこまでは聞いてない。裁判所に捜索差押許可状を申請したそうだから、警部補のほうではネタを摑《つか》んでいるんだろうけど——

——まだ逮捕ではないんですね——

——法治国家だからね、車だけじゃ令状は取れないよ。でも、犯人は遺体にＤＮＡを残しているから、任意に協力を依頼して照合すれば明白になる。永久少年が拾ってきた吸い殻もＤＮＡが一致したなら、公園を見張っていたと言えるのかもね——

「オシマダカツト」

と、永久は呟《つぶや》く。やっぱり警部補は防犯カメラの映像を追いかけて被疑者を割り出していたんだ。その人物が犯人だろうか。小さい子をさらって殺したのかな。どうして……永久は金子に訊いた。

「設備屋って、電気工事とか排水工事とかやる人のことだよね。資格がいるの？　資格はなくても登録して事業届は出すんでしょ？　名簿を見られる？　調布市と、名前の音で検索できない？」

頭脳明晰《めいせき》な金子は検索しなかった。むしろ警戒してキーボードから手を離し、指を組んでじっとしている。永久は肩に置いた手に力を込めた。

「調べてよ。知りたいんだ。ホントにその人が犯人か」

それでも金子は動かない。永久は考えて作戦を変えた。

「そいつはぼくのことも写真に撮ったよ。それを許可なくネットに上げた。善意のショットなら上げてもいいの？　そうじゃないよね。リアル天使掲示板がすぐヒットしてこなかったのは、『表』じゃなくて『裏』サイトだからでしょ。ミク、その犯人はね……」

耳元に唇を寄せて、囁《ささや》いた。

「あの子の目玉を盗んだんだよ」

金子の視線がモニターに向く。モニター画面の黒枠部分に映り込む永久の眼球を盗み見たのだ。メガネもコンタクトレンズも外してしまうと、その目はサファイアのように光っている。追い打ちをかけるように永久は言う。

「ぼくの写真も撮ったってことは、ぼくの目玉も欲しかったんだと思わない？　検索してよ。ぼくが自分を守れるように」

金子はキーを叩《たた》き始めた。その間にも通話は続く。

——永久少年に伝えておくれ。被疑者が浮かんだから潜入の必要はないって——

保は驚いた声で言う。

——潜入？　永久くんがそう言ったんですか？　潜入すると——

——あたしではなく警部補にね。自分は壊れていて残酷で優しくない殺人犯だから、あんたよりは潜入に向いているはずだと言ったそうだよ——

——そんなまさか……——

——あの子にプロファイルを教えれば、潜入も覚えたいと言うだろう。心が不安定なのに潜入を実行すれば、危険なことになりかねないとあたしは思うけど、どうだろうね？——

——壊れていて残酷で優しくない……永久くんがそんなことを——

——ねえ、先生。捜査が矯正に必要だと言いながら、逆にあの子を追い詰めていないかい？　当然ながらあんただけじゃなく、あたしたちも、だけどさ——

そして決定的な言葉を吐いた。

——間違っていたのかもしれないよ。今回の件については、あの子に知らせるべきじゃなかったのかも——

ぼくに知らせるべきじゃなかった？

談笑の輪からはじき出すように、死神博士とタモツはいきなりぼくをブロックした。

少なくとも永久はそう感じ、抑え込んでいたはずの激情におののいた。

「ぼくに情報を教えない気だ」

そう言うと、永久は勝手に手を伸ばして通信の傍受を切った。

「のけ者にされた。タモツはぼくを阻害した！」

大声を出してはならない金子の部屋で、永久は感情をあらわにした。

永久の大声に金子は驚き、身を硬くした。それでもモニターには調布市内のメンテナンス業者一覧名簿が映し出してある。『排水衛生設備・配管工事・設置・施工・メンテナンス　小島田克人』という欄には、住所と電話番号が載っていた。

金子はデータを消そうとしたが、永久はキーボードを叩き落とした。金子は怯《ひる》まず床に下り、落ちたキーボードに覆い被《かぶ》さってモニターに言葉を打ち出した。

【守ってる　タモツは永久を守ってる】

「嘘だ！」

と、ついに永久は叫んだ。

「協力してもいいって言った。なんでも話すと約束したんだ。ぼくにはなんでも話すって」

【守ってる】

「違う。信用されていないんだ。タモツも死神博士も、ぼくにできると思っていない。ぼくを信用していない」

ガタガタと震えが来た。金子を怯《おび》えさせないために自制しようとすればするほど、内なる衝動が肉体を支配して思考が消えていくようだった。自分ではなくオリジナルに操作されているみたいだ。あの、冷酷で残忍で、イカれた思考の殺人鬼が、自分の中に棲《す》んでいる。当然だ。ぼくはあいつのコピーなんだから。どんなに上辺を取り繕っても、ぼくはあいつでできているんだ。

【永久　ダメ】

「ダメ」と、金子は目を見ずに言う。

永久は憎々しげな顔で笑った。

「何がダメ？　ミクの言うことわかんない。ちゃんと喋《しゃべ》ってよ、口があるでしょ。いつでもそうだ。ぼくが本当に欲しい言葉を言ってくれない。ぼくはどうすればよかったの？　何をやったら償いになるの？　どうすれば本当のONEになれるの？　教えてよミク、キーボードじゃなく、言葉で喋れ！」

スタッフを呼ぶライトが明滅を始めた。金子が押したわけではなくて、キーボードの位置が異常だからだ。金子はキーボードを叩き落としたりしないから、これは異常事態ということだ。まもなくスタッフが飛んでくる。そして永久を責めるだろう。頭に血が上ってグラグラしたが、奇声を上げるのだけは必死に堪《こら》えた。その代わり、大切な友だちに酷《ひど》い言葉を投げつけた。

「ミクなんか、全然まともに喋りもしないし、ここからだって動けないじゃないか。外に出られない、人の顔も見られない、なにもできないくせに……ぼくを助けられないなら黙ってろ！」

金子はデスクの下に潜ってしまった。尻《しり》を向け、両腕で頭を抱えている。

彼は傷つき、永久を恐れた。永久を拒絶して隙間に隠れた。酷いことを言ったのは自分なのに、永久も傷つき、金子の部屋を飛び出した。

スタッフが走ってくるのが見えたから、逆方向へ向かって逃げる。誰が悪いかわかっていた。死んだ子のために生きているミクを傷つけた。ミクのメンタルをズタズタにした。上手《うま》くいっているはずだったのに、どうしてこうなっちゃったんだ。ミクはぼくを嫌いになった。ぼくは彼にも捨てられた。

一階に下りると、明かりのない庭に向かった。いつだったか、保と二人で星を見た庭だ。永久は暗闇でも目が見えるから、なるべく暗い場所を選んで走った。自分には闇がふさわしいと思ったし、それがミクを傷つけた罰だと思った。

走って、走って、建物を回り込み、特殊偏光ガラスで覆われている建物を出て、周囲を囲む広場に飛び出した。頭の中では、覚えたデータを反芻《はんすう》していた。
小島田克人の事業所の住所であった。

第四章　永久の復讐

スマホのアプリに頼ることなく、知らない場所へたどり着くのは難しい。センターを飛び出した永久は小島田克人の事業所へ向かう途中で大型電気店を見つけて入り、パソコンのデモ機を用いてルートを検索、ついでにセンターのカードを使ってボイスレコーダーを一台買った。その場で使い方を確認してポケットに入れる。

外に出るとポツポツと雨が当たったが、またハンカチを持ってこなかったし、傘もない。小島田克人の事業所は住まいと別かもしれないが、手がかりの住所はひとつだけ。夜が明けて彼が事業所へ出勤して来るまで待つことになるかもしれない。

「それでもいいや」

と、永久は自分につぶやいた。

今はセンターにいたくなかったし、保の顔も見たくなかった。もしも保が取り繕って何か隠すのを聞いたなら、居場所を失ってしまうから。それが怖いかと自分に問いかけ、怖いかもしれないと素直に認めた。おまえにはもともと居場所なんかなかったじゃないか。求めても愛されず、失うものもなかったじゃないか。だからこそ、自分でなんでも決めていたんじゃないか。

そうだよ、そのとおりだよ。それなのに、居場所があって友人もタモツもいる今のほうが臆病《おくびょう》だなんて、おかしいよ。

信号機の下に書かれた地名を確認しながら街を行き、繁華街を出て、ずっと歩いた。外歩きの経験がない永久は距離を時間に置き換えることができなくて、ようやくその場所に行き着いたとき、午前零時を回っていた。

小島田克人の事業所があるのは、準工業地帯というような町だった。印刷会社、配送業者、コンビニに介護施設、なにかの工場、食堂にクリニック、大きくはないが住宅でもない建物ばかりが建ち並ぶ通りから、電柱に表示された地番を数えて脇道へ入って行くと、コインランドリーや車の整備工場などと軒を連ねて、古い家が何軒も並んでいた。安っぽいバラック塀で囲われた平屋造りの家だ。明かりがある家も、そうでない家もあったが、多くは空き家のようだった。表札のある家もない家も端から数えて、ついに目標の住所を見つけた。

荒れ果てて古い借家を事業所代わりにしているようだ。

各家とも玄関脇に小さな物置小屋が付属していたが、小島田克人の家だけは周辺をぐるりと波形トタンで覆い隠して内部を見えにくくしてあった。玄関に食い込むように青い軽バンが止めてあり、車内にはギュウギュウに工事道具や空き箱などが積まれていた。車があるのに父親の軽自動車を借りたのは、仕事用の車に女の子を乗せるスペースがなかったからだろう。敷地の隙間に酒の空き瓶やゴミ袋が散乱し、分別もされていなかった。何もかもが混沌《こんとん》とした有様を見るにつけ、この人にはまともな仕事ができないだろうと永久は思った。眼球を抜くために瞼《まぶた》を傷つけ、池の畔《ほとり》まで遺体を運んでおきながら草むらに放置した犯人像とも近い。本当に犯人なのかは、どうしたら確かめられるのだろう。

借家がある一帯には街灯もなく、周囲の道路も狭かった。永久は足音を忍ばせて暗闇の中を歩いた。家と家との間がわずかに空いて、小島田克人の家を囲んでいるトタンは錆《さ》びて浮き上がっていた。そっとトタンを持ち上げて、身体をかがめて入って行くと、隙間から青い光が漏れている。窓ガラスに張り付いて中を覗《のぞ》くと、それはパソコンモニターの光であった。

六畳ほどの汚い部屋に、下着姿の小柄な男が座っている。スチール製のパソコンデスクに古いデスクトップパソコンが載せられていて、前のめりになってそれを見ている。ブーンブゥンと不快な音を立てながら、無数のハエが飛び交っていた。

永久は窓の下を屈《かが》んで移動し、別の位置から再び覗いた。モニター画面を見るためだ。網戸の窓には経年劣化でボロボロになったカーテンが下がっている。風がそれを押し上げたとき、男の背中越しにモニターが見えた。

児童ポルノのサイトを観ている。痛ましい映像の画面には、何匹かのハエが止まっている。どうしてこんなにハエがいるのか、永久は室内に散らばるものを見た。

大量にある薄い雑誌は童顔にボリュームバストを持った幼女を描いたコミックで、ほかにはピザの箱やスナック菓子の空き袋、食べかけで放置されたカップ麺《めん》、焼酎《しょうちゅう》のパックと汚れたコップなどがある。どこかに眼球を飾っていないかと思ったけれど、カーテンの破れ目からではわからなかった。

外も酷いけど、中も酷いや。こんなところに連れてこられて、あの子はきっと泣いただろう。いや、待てよ。建物が隙間だらけで隣の家も近いから、泣き声を上げたら聞こえてマズい。ならばやっぱり外で殺してここへ運んで、それからレイプしたんだろうか。その光景が脳裏をよぎってムカムカとした。

事件のことを知ったとき、ほとんど何も感じなかった。でも、被害者が面識のある女児と気付いたら、永久の意識は変化した。あの子は最初から死体だったわけじゃない。愛されていて未来があって、生き続けられたはずの人間だ。だからだろうか、ポルノサイトを閲覧しながら自慰に耽《ふけ》る男の背中を見ているうちに、胸のムカムカは激しい嫌悪感だと認識できた。リアル天使掲示板はサイト名だが、美思ちゃんという天使を汚されたことに吐き気を覚えた。でも、まだ犯人と決まったわけじゃない。

耐えきれずに窓から離れようとしたとき、また風が吹いてカーテンを巻き上げ、無数のハエが何に集《たか》っていたのか見えた。パソコンの前に食べかけのハンバーガーが置いてあり、それが腐ってハエを呼んでいる。バーガーにはボールペンが挿してあり、そこにリボン様の髪飾りがくっつけてあった。

思わず声を上げそうになって、永久は自分の口を押さえた。

あの子のリボンだ。公園でお下げ髪に結んでいたヤッ。真ん中に黄色いビーズがついていて、ゴムで髪に留めていた。笑った口元に抜けた前歯があったことまで、永久は鮮明に思い出した。どうしてそれがここにあるのか。

ブチッ！と頭でなにかが切れた。

あいつは閲覧サイトと同じことをしたくてあの子を襲い、汚らしい欲望の生《い》け贄《にえ》にしたんだ。そう思ったら、どす黒い怒りが腹の底から湧いてきた。

ぼくは救うためにやり、あいつは穢《けが》すためにやったのに、二つの事件は同列に捉《とら》えられ、誰も真実を問題にしない。こいつはぼくの過去も穢した。

永久は自分の特殊な瞳《ひとみ》がパソコンの光を反射していることにも気付かなかった。

映像が終了したとき、暗転したモニターに窓辺で光る何かが映った。それはバカデカい猫の瞳に似ていたが、振り返るとカーテンが揺れているだけだった。

男は立ち上がって窓に寄り、おもむろにカーテンを開けて、網戸越しに外を覗いた。トタンで囲ってあるのだから、もとより風景が見えるはずもない。明かりがなく真っ暗であればなおのこと、なにも見えるはずはなく、錆び落ちたトタンの隙間から遠くの光がチラチラしているだけだった。猫はどこだと網戸を開けて顔を覗かせ、左右を確認してみたが、雨が吹き込んで来ただけで何の気配も感じなかった。地面に唾《つば》を吐いてから、だらしなく露出した下半身を掻《か》いて網戸を閉じて、再びパソコンデスクへ向かうとき、唐突にパソコンがシャットダウンして暗闇になった。

「なんだ？」

天井からぶら下がっているはずの照明コードを手で探り、引っ張ってみたが電気は点《つ》かない。散らかった部屋を裸足《はだし》で歩くのも怖いため、振り返って目をこらすと、トタンの破れ目に遠くの明かりが透けていた。停電ではないようだ。

パソコンのモーター音が消えてしまうと、風が唸《うな》っているのがわかった。加えて雨の音もする。風は冷たく、湿っていて、にわかに不気味な気配を感じた。明かりを探すため四《よ》つん這《ば》いになって床を手探りしていると、ガタンと玄関で音がした。続けて、立て付けのわるい引き戸をガタピシと開ける音もした。

「誰だ」

と、男は訊《き》いてみた。返事はない。

冷風が入ってくる。やはり玄関が開いたのだ。それきり音がしなくても、外気が侵入したので間違いはない。手探りしたが武器になりそうな物が見つからないので、摑《つか》んだ雑誌を引き寄せて、筒状に丸めて胸に構えた。

「金目の物なんかうちにはないぞ」

そう言いながらパンツを引き上げた。姿勢を低くして目をこらしたが、暗すぎて何も見えない。隙間風のうなりが耳障りで、相手の気配を探れない。カチリ、と、なにかのスイッチが入る音がした。

「目玉をコレクションしているの？」

どこかで声がそう訊いた。まだ若い声だった。

「誰だ。ここで何してやがる」

不意打ちを食らわせるつもりで宙を叩《たた》いたが、手応《てごた》えはなかった。半立ちになって闇雲に雑誌を振り回したが、やはりまったく手応えはない。けれども人の気配はしている。暗闇に怯《おび》えたふうもなく、ものにつまずく気配もなしに、そのものは徐々に近づいて来ているようだった。暗視ゴーグルでもしているのだろうか。だとすれば、そんな野郎がどうしてここに来たのだろうか。男は考え、生唾《なまつば》を飲む。

「知ってるよ。写真を撮って殺したね？　あの子をレイプして、目を傷つけた」

「ひい」

まさかそんな話になるとは。男は悲鳴を上げて尻餅《しりもち》をついた。

誰かに知られたはずはない。いや、正直に言うと夢中でよく覚えていない。優しい子だから上手《うま》くいくはずだと思っていたし、そこから先は自身の手際の良さに酔っていた。遠い場所から自分の意識が、していることを眺めるような感覚だった。世界を手にした気持ちがしたし、未《いま》だに興奮が冷めずにいたのだ。やったことが誰かにバレて糾弾される顚末《てんまつ》なんか、少しも想像していなかった。快楽に酔いしれて自分自身を尊敬し、あの瞬間にならば死んでもいいと思ったくらいよかった。もちろん次のことも考えていた。それなのに。

カサ。と、ゴミが小さく鳴った。音のする方へ顔を向けて、男は暗闇に光る眼を見た。エメラルドのような青緑色。猫と思ったがそうじゃない。

「ひぃいぃ……」

想像を絶する位置から自分を見下ろす目の持ち主は、地獄から自分を迎えに来た悪魔だろうか。恐ろしさのあまり尻で床をこすりながら下がったが、すぐ卓袱台《ちゃぶだい》にぶつかった。

「なぜ殺したの？　小さい子しか自由にできない弱虫だから？　自由にするには生きていられると困るから？　ねえ、教えてよ」

光る眼は凄《すさ》まじい殺気を放っていた。それが少年の声をしていることが、さらに恐怖をかき立てた。絶対に人間じゃない。人間の眼は光らない。男は怯え、パクパクと口を動かした。言い訳をしたかったのだが、言葉はまったく出てこなかった。

あの子を殺したのはモンスターなんかじゃなくて、貧相に歪《ゆが》んで汚らしいだけの小男だった。そいつは今、ぼくの足下にへたばって、丸めた雑誌を抱いている。部屋は生ゴミの臭いがし、時折ハエが頬に張り付き、顔面を這《は》い回る。雨の音が激しくなって、ボロボロのカーテンが揺れている。こんな男が子供を殺して、目玉を抜いて、何を成し得たつもりだったのか。あの子の写真を投稿したのは自己顕示欲からなのか。リアル天使を穢した自分を誇るための、汚らしい舞台装置だったのか。

「答えろ。なんで、やったんだ」

底冷えのする声で問うと、男はヒイヒイ泣き出した。

「わからない……覚えていない……やってない」

こんなやつ、殺してしまおうと永久は思った。

そうすれば次の犠牲者は出ないんだから。厚田警部補が手続きを待っている間に、こいつはまたやるだろう。今だって、あんなものを観ていたわけだから。

永久の目にはなんでも見える。汚れた部屋も、置かれた物も。見回して、カラーボックスの上にあったカッターナイフを手に持った。どこを切れば致命傷になるか知っている。刃先に錆《さび》が浮いていたので、パキンとそれを折り取った。男は怯えて闇を見回している。もっと怖がれ。あの子のように。永久はチチチ……と音をさせ、ゆっくりカッターナイフの刃を出した。急所を狙えば血が噴き出して、一閃《いっせん》で動きが止まるから、そうしたら背後に回ってゆっくり逆側も切ればいい。

そうしておいて、血圧が下がりきってしまう前に教えてやろう。

「眼球の取り出し方を知りたい？　やって見せてあげようか」

男は雑誌を放り出し、ブロックするように両手を挙げた。

ガタガタと震えている。あまりに惨《みじ》めで哀れに見える。あの子のことは殺しておいて、自分は命乞《いのちご》いをするなんて。

「やめてくれ……お願いだからやめてください」

見れば見るほど腹立たしくなる。こんなやつが殺したなんて。こんなやつが好き放題な真似をして、あの子が死んで、こいつが生きているなんて。

攻撃に適したやり方にカッターナイフを持ち替えたとき、保の顔が眼前に浮かんだ。自信を持つこと。責任を持つこと。生きること。

「ふうぅーっ」

永久はその手を自分のこめかみに当てて、荒々しく呼吸した。

ぼくがそれをすると、タモツと死神博士が責められる。ぼくは拘束され、隔離され、ミクは永遠にぼくを失う。

男はうつ伏せて丸くなり、頭を抱えて泣いている。

「どうかしていた。俺はどうかしてたんです……やめて……おねがい……刳《く》り貫《ぬ》かないで、許して」

なんてことだ。なんてことなんだ……その頭上から永久は言う。

「同じ言葉をあの子のママに言ってみろ。会う人みんなに言ってみろ。あんたは価値のある子供を殺した。首を絞めて、レイプして、両方の目を傷つけて、片方の眼球を刳り貫いた。あんたがどういう人間か、周りに知らせればいい。ヘンタイの人殺し……あんたは刑務所に収監されて、あの子と同じ目に遭わされる。知ってるよね？受刑者カーストの最下位が強姦魔《ごうかんま》と子供殺しだ。だから、かわいがってもらえるよ……あんたは生きて地獄を見るんだ……そう……そのほうがずっといい」

こんなヤツを、どうしてぼくが救うんだ。カッターナイフをカラーボックスに突き刺すと、永久は踵《きびす》を返して玄関から外に出た。建物の裏へ回って外付けブレーカーをONにしたとき、六畳間に明かりが点《つ》いて室内の様子が隙間に浮かんだ。破れたカーテン、散らかった部屋、飛び回るハエと光るモニター。呆然《ぼうぜん》としている男の姿。あいつはリボンとハンバーガーを戦利品として飾っていたし、まったく反省もしていないのに、どうして殺しちゃいけないんだろう。あの子とあいつ、どっちの命が大事かなんて、決まり切ってるはずなのに。

永久はもう振り返らずに、雨の中を足早に去った。紫色に空が裂け、稲妻が光って雷鳴がとどろく。雨は容赦なく降り続け、永久の全身に染みこんだけど、そんなのは少しも気にならなかった。

怒りと混乱、激しい興奮、そして虚《むな》しさに包まれて大股《おおまた》で歩き続けた。歩きながらボイスレコーダーを耳に当て、小島田克人の声を聞いてみたけど、自白の証拠となるような会話は録音できていなかった。そこにあるのは彼を憎んで追い詰めようとする自分自身の声だけだった。

地面にボイスレコーダーを叩きつけ、何度も踵《かかと》で踏みつけて、粉々になるまで破壊した。令状がなければ家宅捜索できず、証拠が揃うまで逮捕もできない。立ち止まって振り返ったが、警察車両が張り込んでいるようには思えなかった。そりゃそうだ。彼が被疑者になったのは、ついさっきなんだから。

準工業地帯まで戻ると街灯があって、明かりに雨がキラキラ光った。街灯の光が水鏡に映り込み、逆さの街がもうひとつ地下へ伸びていくようだった。街は寝静まっていて、近くに殺人犯がいることなんて誰も知らない。あいつが何をしたのか知ったなら、美思ちゃんのママは心が壊れてしまうだろう。あの人は美思ちゃんが消えた日からずっと自分を責めて、生きている間中、あの子を思って泣き続けるんだ。

　永久は人が死ぬということの現実を、突然理解したように思った。死者はなにもわからないけど、生きている遺族は苦しんで泣き続ける。たとえばぼくが死んだなら、タモツはきっと泣くだろう。ミクも心で泣くはずだ。ぼくが児玉永久だったとき、ぼくのために泣く人なんかいなかった。ぼくが死んだらホッとして、でも上辺だけ悲しい顔をして、お葬式を出して、安堵《あんど》する。ぼくは無価値なZEROだったから。でも今は、ぼくのために泣く人がいる。

　濡《ぬ》れた路面にアスファルトの凹《くぼ》みが浮き出して、デジタル画面のノイズのような水の反射を作っている。その不格好さに、永久は自分が殺した子供たちの面影を見た。みすぼらしくて、捨てられて、惨めで臭くて痩《や》せていて、ろくに言葉も喋《しゃべ》れなかった子供たち。だけど誰かが助けて一緒に暮らして、食事を与えて抱きしめて、そうしたら、しおれた花が水を吸うように生まれ変わっていたかもしれない。それなのに……ぼくは勝手な判断で、彼らを殺してしまったんだ。あんなになっても生きようとしていた命を摘んで、バラバラにして組み立てて、お供えみたいに飾ったりして……悪いことはしてないなんて……ぼくはどうして言えたんだろう。もしもあれが美思ちゃんの死体で、ぼくがしたことをあのママが見たら、ぼくは美思ちゃんだけでなく、ママのことも殺しただろう。物理的にではなくて、心と魂を殺したはずだ。ぼくがしたのはそういうことだ。

髪に染みこんだ雨が容赦なく目に流れ込む。身体は冷え切り、なのに鼻の奥が熱かった。人は案外あっけなく、簡単に死んでしまうんだ。そうなったらもう戻らない。二度と笑ったり喋ったりしない。ぼくが死んだらタモツが泣いて、タモツがもしも死んだなら……その可能性に、永久は初めて気がついた。恐ろしかった。大好きな人の死を、自分が見る立場になる。そのときの心が想像できた。

ザーザーと雨は音を立て、突然、シャワーのように降り出した。激しさは迫り来る死の音に似て、駅裏で死んでいたホームレスや、殺されてしまった美思ちゃんや、ハイビスカスの茂みで朽ちていくスサナや、ボディファームの住人たちが脳裏をよぎった。幻は、保もいつか死ぬぞと永久に囁《ささや》き、恐怖を感じて震え上がった。それがいつかはわからない。死は突然美思ちゃんを襲ったんだから。ぼくに罰を与えるために神様がタモツを奪うかもしれない。命を盗《と》ったら命を差し出せ。無価値なおまえの命ではなく、おまえにとって価値ある命を。そうすれば罪の重さがわかるだろう。

永久はダッシュで調布駅へ向かった。頭の中で神様が言う。

そうやって死がなんたるかを理解するのだ。始めたのはおまえだから。小島田克人と同様に、おまえも命を奪ったのだから。生まれる前の赤ん坊、その母親の命もだ。

ビチャビチャと水を撥《は》ね上げて、追われるように永久は走った。

大通りに出て車道を渡り、終電が過ぎた駅を目指した。そこから先は、線路をたどってでもセンターまで走り続けるつもりだった。そこかしこから死神が手を伸ばす。息を潜めて機会を窺《うかが》い、命を盗ろうと待ち構えている。雨は額を流れて目に入り、首を伝って背中に染みた。服もズボンも重くなり、走ると身体にまとわり付いた。吐く息が濁り、身体から湯気が立ち、気管が切れて血の味がした。それでも永久は止まれなかった。保に向かって鎌を振り下ろす死神に追われて走り続けた。

建物の軒下から水の塊が流れて落ちる。排水口が水を吐き出し、道路に水たまりができている。そこに夜の光が当たって、逆さまの街が激しく揺れる。

やめて。お願い。反省したから。わかったんだ、ぼくはわかった。悪いことはしてないなんて、もう言わない。

殺した子供たちの顔は覚えていない。覚えているのは哀れみと嫌悪感だけだったけど、あれが無価値なものとはもう思わない。ぼくは傲慢《ごうまん》でバカだった。ぼくが奪った。彼らの未来を。虐待していた親たちが奪う前に奪ったんだ。神様、それを認めます。ぼくは、ぼくが間違っていました。

最初に殺したセリ先生のことは、本当によく覚えている。先生のお腹には赤ちゃんがいて、その子を本気で愛していて、みんな先生が大好きで、それなのにぼくが殺してしまった。セリ先生のご主人が泣いている。美思ちゃんのママも泣いている。泣くこと以外に術《すべ》がなく、自分を責めて泣いている。

額にかかる髪をかき上げて、こわばった顔で水たまりを蹴《け》った。

センターに戻っても保がいない。それと同じ悲しみを、ぼくはセリ先生の家族に与えた。みんな一生忘れない。ぼくのせいで泣き続けるんだ。それは恐ろしいことだった。惨《むご》くて酷《ひど》くて残忍で、許されないことだった。それをぼくはやったんだ。青信号を待ちきれず、強引に渡ろうとしてクラクションを鳴らされた。謝る代わりに頭を下げて、永久は来た道を必死に戻った。ようやく見えてきた駅はシャッターが下りて、構内の明かりも消えて、歩道に置かれた誘導灯だけがピカピカと雨に光っていた。

膝《ひざ》に手を置いて呼吸を整え、また走り出そうとしたとき永久は見た。

ロータリーに人がいる。大きな黒い傘を差し、ゆっくりと向きを変えながら周囲を見回している。丸いメガネに灰色のジャケット、白いパンツのその人は、心配そうに眉根《まゆね》を寄せて、泣き出しそうな顔をしている。

「タモツ！」

すり切れた声で永久は叫んだ。信じられない。

そして走って胸に飛び込んだ。傘が落ち、保はずぶ濡れの永久を抱く。

「永久くんっ」

と、保は呼んだ。ＯＮＥではなくて、いつもの名前で。その声には震えがあって、消え入りそうな儚《はかな》さを感じた。自分よりずっと年上の保がどんなに心細い思いをしていたか、永久は感じた。だから首に腕を回して、思い切り自分に引き寄せた。死神が振り下ろす鎌《かま》が自分を切ればいいと思った。大切な誰かを喪《うしな》うことは、自分自身を喪うことだ。人殺しはそれをする。ぼくもそういうことをした。

「こんなに濡れて……どうして黙ってセンターを出たの！」

初めて聞く声色だった。声には怒りが含まれていて、でも、それが心配のせいだということも、永久はなぜか理解ができた。自分も保を心配したから、保の気持ちがわかるのだ。彼の身体は温かく、胸に頬を寄せると心臓の音がした。

「ごめんなさい、ごめんなさい、ごめんなさい、ぼく……ごめんなさい」

もっと上手に言えるはずだった。子供のように繰り返さずとも、きちんと言葉になるはずだった。タモツ、ぼくは理解したんだ。自分がしたことを理解した。ぼくは、

「悪いことをした。ぼくは悪いことをした……あの子たちから未来を奪った」

「え。待って永久くん、誰のことを言ってるの？」

保は顔を見ようとしたけれど、恥ずかしくてますます首にかじりついた。伸び上がって肩に顎《あご》を置き、夜の街を見つめて永久は話した。

「子供たち。ぼくが殺してバラバラにして、神様を作った子供たち」

「夢運《むうん》ちゃんや、陽向《ひなた》ちゃん？」

彼は名前で彼らを呼んだ。ぼくが一括《ひとくく》りにしていた子らを、タモツはきちんと覚えていた。あれから数年経っているのに。

「そうだよ、それとセリ先生……先生を突き飛ばしたのはぼくなんだ。あと、殺人鬼だった女の人に火を点《つ》けた」

「永久くん……」

と、保は言って、彼を抱く手に力を込めた。

「帰ってこないから、きみのIDを追いかけたんだよ。この駅で降りたとわかったから、ここできみを待っていた。なにがあったの？」

「……わかったんだ。悪いことをしたって」

きちんと説明しなくちゃと、意を決して保の顔を見た。心配しすぎて青白くなって、それでもまだ心配そうなメガネの奥の真っ直ぐな目を。

そのときだった。せき止められて行き場を失い、満水になった池が壊れたように、突然、涙がこぼれはじめた。それだけじゃない。激情に胸を突かれてしゃくり上げ、喋《しゃべ》る代わりに嗚咽《おえつ》が漏れた。悲しかったわけじゃない。彼を見て安心しただけなのに、激しい感情が涙となって溢《あふ》れ始めた。

自分を嫌いで、保が好きで、彼が信じてくれるなら好きな自分になれそうで、上辺ではなく理屈でもなく、カラカラに乾いた空洞を涙が埋めて、様々な器官がようやく活動を始めたような……それは不思議な感覚だった。もう立っていられずに、永久は地面にしゃがんで泣いた。保は落ちた傘を拾いあげ、ずぶ濡《ぬ》れの永久にさしかけた。そのせいで自分が濡れたけど、一緒に地面に膝を折り、永久が泣くのを静かに見ていた。泣いたことがほとんどないから、激しく泣くと呼吸が変な具合になって、しゃっくりみたいに身体が震え、喋れなくなるなんて知らなかった。こんな自分は恥ずかしいけど、胸に陽が差してくる感覚があり、混乱が次第に収まっていくようだった。

何台かの車が走っていき、濡れた服が体温と同じになって、それでも保は何も訊《き》かずに、ただ永久のそばにいた。それがすべてだと永久は思った。

ぼくはもう捨てられない。世界中がぼくを嫌っても、タモツはぼくを捨てたりしない。よかった……ほんとうに……あいつを殺してしまわなくてよかった。

泣き尽くして顔を上げると保は微笑み、永久は初めて無様で不器用な顔で笑った。

死神女史との会話を盗み聞きして蚊帳《かや》の外に置かれたと思い込み、金子に酷いことを言ってセンターを飛び出したのだと、永久は保に説明した。

被疑者の名前と職業から住所を割り出し、そこへ向かったことも伝えた。

「そうしたら、あいつの部屋にリボンがあった」

明け方になってようやくセンターに戻り、冷え切った身体をシャワーで温め、タオルで髪を拭《ふ》きながら、待てずに永久は訴えた。

保は温かい飲み物を作るためポットのそばにいる。白いシャツに白いズボン、スニーカーではなくルームシューズを履いていた。

「リボンって？」

二人分のカップにホットチョコレートの粉末を入れながら訊く。

「美思ちゃんのリボンだよ。傘をくれたとき、お下げに着けていたヤツだ。腐ったハンバーガーにボールペンを挿して、そこに結んで飾っていたよ。パソコンデスクに」

「腐ったハンバーガー？」

眉間《みけん》に縦皺《たてじわ》を寄せて振り向いた。

「ハエだらけで酷かったよ。美思ちゃんの食べかけだと思うんだ。死神博士が言っていたよね？　胃の内容物にジャンクフードがあったって」

保は黙って考えていたが、お湯が沸くと、ホットチョコレートを作って応接テーブルへ運んで来た。カップの一つを永久に握らせ、隣に座って保は言った。

「胃の内容物は挽肉《ひきにく》とジャガイモ……ハンバーガーか……確かにね」

「本当は眼球を探したかったけど、家も外もぐちゃぐちゃで、細かく見られなかったんだよね」

「本人がいたのに探したの？」

「あいつがパソコンに夢中になってる隙に、外付けのブレーカーを切ったんだよ。真っ暗になればぼくの姿が見えないし、ぼくのほうは見えるから」

「危険なことを……」

保はとがめるような顔をした。

「ごめんなさい。頭に血が上ったんだよ。あいつのしていることを見たら」

何をしていたか具体的に伝えなくても、保は見当がついたようだった。痛々しげに目を細め、大切な人の生傷を見たような顔をした。

「警察は？……まだ無理か」

「車がなかったし、いなかったと思う」

ホットチョコレートを飲めと促すように一口飲んで、保は言った。

「被疑者が浮かんですぐだったから、きみのほうが早かったんだね。ようやく見張りを手配したころかな……もっとも、見張るとしてもわかりやすい場所にはいないはずだよ。彼は被疑者で犯人と決まったわけじゃないから。誤認だったら妙な臆測を生みかねないし、そこは慎重になるべきだ」

「だとしてもあいつが犯人で間違いないよ。児童ポルノの雑誌がたくさんあったし、あんな時間までそういうサイトを閲覧していたんだから」

二度ほどゆっくり頷《うなず》いてから、保は永久のほうへ身体を向けると、天気を訊《たず》ねるような感じで訊いた。

「……殺したくなった？　その人物を」

少しだけ戸惑ったけど、永久は正直に答えることを選んだ。

「なったよ。でも、しなかった。正直に言うと、やろうと思った。そうすれば次の犠牲者は出ないから。でも……ぼくがやったら、責任を取らされるのはタモツと死神博士でしょ」

「そうだね」

「タモツは責任を持てと言ったね？　責任を取るのがぼくじゃないなら、責任を持てない。やりたかったけど、できないよ」

「そうか……頑張ったんだね。よく耐えた」

と、保は言った。

「すぐ厚田警部補に連絡しよう。被疑者が証拠を消す前に」

立ち上がってデスクへ向かう保の背中に永久は訊ねた。

「盗聴したのに責めないの？」

カウンセリングルームの大きな窓に黎明《れいめい》の光が差し込んでくる。それはブラインドの隙間を抜けて、光の筋で保を照らす。彼は振り向き、天使のような顔で笑った。

「金子くんの部屋は特殊な場所だ。きみがいるのはわかっていたし、石上先生も事情を知ってる。通話を聞いているかもしれないことも……言葉ってさ、根底に信頼関係がなかったら、どんなふうにも受け取れるって思わない？　もしも同じ会話をいま聞いたとして、きみはやっぱり、ぼくと石上先生に切り捨てられたと怒るかい？」

その問いかけは永久をハッとさせた。

「……怒らない……タモツがぼくを、もしもハッキリ否定しても、すぐに怒ったりしないと思う。何か考えがあってのことだと思う……そうか……二人がそんなふうに言ったわけじゃなく、ぼくがそんなふうに聞き取ったんだね」

保は連絡用パソコンを立ち上げた。

その日の午後。永久がボディファームで仕事をしていると、保からの呼び出しベルが鳴り出した。モンシデムシ類が屍《し》肉《にく》を腐らせないために分泌する体液から、酵母を分離しようと準備を進めているときだったので、急用でなければ仕事を優先したいと考えて、永久は携帯端末から保のデスクにメールした。

――急ぎの用かな？――

返信はすぐに来た。

──戻って来なくていいけれど、伝えておこうと思ってね。厚田警部補から連絡があって、小島田克人が自殺した──

「えっ」

と、永久は小声で叫んだ。

──どういうこと？　自殺？──

──聴取しようと自宅に行って、死んでいるのを見つけたそうだ。風呂場《ふろば》で手首を切っていたって──

──もう見張っていたんじゃないの？──

しばらくしてから長文の返信が来た。

──自宅は古い市営住宅だってね。老朽化で取り壊しが決まっていて、十二軒ある平屋のうち、住人がいるのは四軒だけになってたらしいよ。彼を見張るために隣の空き家を借りる手続きをして、未明に二人体制で張り込みに入ったようだけど、被疑者の家は消灯していて就寝中だと思ったみたいだ──

──ぼくと入れ違いになったってことだね──

──昨晩リボンとハンバーガーのことを話したら、警部補は二度と勝手な真似をするなって。自分たちを信用して欲しいと伝えてくれと──

──ぼくがブレーカーを切ったことも伝えた？──

伝えたよ。と、保は答えた。

――それで今朝、急遽《きゅうきょ》、見張りの刑事に被疑者の家を訪ねさせたんだ。任意同行を求めるつもりだったけど、返事がないので家に入って、死体を発見したんだよ。警部補からの返信がこんな時間になったのは、現場検証や検死をしていたからで、永久くんの言ったとおりに、ハンバーガー、リボン、ほかに美思ちゃんの下着と靴が見つかったって。父親から借りた軽自動車の助手席からは尿反応、自宅の畳から微量の血液が検出されて、美思ちゃんの血液型と合致した。ほかには永久くんが拾ったタバコの吸い殻と、遺体に残された体液のDNAが一致した。これらと小島田克人のDNAを照合して合致すれば、彼が犯人で確定だ――

――眼球は？――

――見つかっていないらしいよ。ただ、本人のスマホに被害女児の遺体写真と……あとね、永久くんの写真も残されていたって言うんだけれど、これについては心当たりがあるかい？――

――傘をもらったとき写されたのと、そのあともぼくを撮っていたかも――

ボディファームの研究室で、永久はタブレット端末を引き寄せた。椅子ではなく床に座って会話を続ける。

――死神博士が心配していた他の被害者の写真もあった？――

——いや。スマホにあるのは小児の写真で、どれもいかがわしいアングルだけど、永久くんのものだけはフォトグラフふうだったと警部補が——

サイトに投稿するためだ。

それとも、たまたまそんなふうに撮れたからサイトに投稿したんだろうか。

——小島田克人が小児性愛者だったのは間違いないと思う。本人のパソコンにもその系のデータが複数あったし、自分で撮った写真も売っていたらしい——

売っていた。つまりはあんな連中が、他にもいるということなのか。

——被疑者が死んだら美思ちゃんの事件はどうなるの——

——自供を得られないから状況証拠を集めることになるだろう。ただ、今回の場合は遺体写真やDNAが残されているから、特定するのは難しくないよ——

——あの子のママにも連絡はいく？——

——すべて確定してからね——

犯人がわかっても子供が帰ってくるわけじゃない。犯人がどんなやつで、何を考えていたのかわかっても、慰めになんか、きっとならない。あいつはなにも語らずに、自分の恥部を晒《さら》すことなく、刑務所で同じ目に遭わされる前に自分を殺して逃げたんだ。一度は殺してやろうと思ったくせに、それをしていたらどうなったかを永久は知った。本人の口から何も聞けない。本当のことがわからない。それでは前に進めない。

死者のためだけじゃなく、残された人が生きていくために、警察は捜査をするんだな。だけどこんなに酷《ひど》い事実でも、警部補は美思ちゃんのママに伝えるんだろうか。

——永久くんは大丈夫かい？——

保が何を案じて訊《き》くのか、永久にはよくわからない。けれども、

——大丈夫だよ。教えてくれてありがとう——

と、答えて通信を切った。

モンシデムシ類の母虫をシャーレからつまみ出そうとして、永久は作業を中断した。今朝方あんなに泣いたから、水で洗われたように心の中が清々《すがすが》しかった。泣きすぎて瞼《まぶた》が腫《は》れて醜い顔になっていたけど、センターでは誰も容貌《ようぼう》を気にしない。カサカサとシャーレを鳴らす虫に目をやって、永久は大きな溜息《ためいき》を吐いた。

しなきゃならないことが他にある。実験や研究より先にやらなきゃならないことが。わかってはいるけれど、するには勇気が必要だった。

金子未来だ。彼を酷く傷つけた。今も傷ついているだろう。

悪いのはぼくで、何も悪くないミクに当たった。そう思っただけで心臓が跳ねて吐きそうになる。ミクに向かって大声を出して、乱暴して、そのまま部屋を飛び出した。メンタルには気をつけるって、タモツと約束したというのに。

「……はあ」

自分が溜息を吐く人間だなんて、知らなかった。最近は知らなかったことばかりが起きる。どうしたら上手に謝れるかな。そしてミクが二度とぼくを受け入れなかったら、そんな恐ろしいことがあるだろうか。ミクが許してくれなかったら……それが怖くて謝りに行けない。どうしてあんなことをしちゃったんだろう。

センターのロビーにはフードコートがあって、食事や飲み物の提供を二十四時間受けられる。そこにいるコックの一人が元犯罪者であることを、テロ襲撃事件のときに永久は知った。身体が大きく陽気で饒舌《じょうぜつ》、外国の映画に出てくるみたいなオジさんだけど、彼が焼くパンケーキは絶品で、甘さ控えめの美味《おい》しいケーキや宝石のようなカクテルを作ることができるのだ。

分泌液の研究を後回しにしてロビーへ移動し、食べ物を受け取るカウンターに取り付くと、永久は視線でコックを呼んだ。

「虫にでも刺されたのか？　豪勢に瞼が腫れてるな」

と、明るい調子でコックは言った。

「昨晩ほとんど寝てないんだよ」

「そうか。ブランチをスペシャルにして欲しいのか」

カウンターに片肘《ひじ》を載せ、からかうように彼は訊く。

「ブランチはいらない。でも、お願いがあるんだ」

「ふーん……なに？」

頼み事をして他人を動かすのは得意なはずが、永久はなぜかソワソワした。

自分の非を認めたら、何もかも上手にできなくなった。それでも自分を鼓舞するために、無理やり微笑んでこう言った。

「金子未来にお土産を持って行きたいんだけど……フライドポテトとかクッキーとか、ブラウニーとかさ、なにか持ち帰れるものってない？」

「それって部屋から出ないサヴァンの彼だろ？　食事は管理されてるはずだぞ」

「そうだけど、差し入れって嬉《うれ》しいじゃない」

コックは永久をマジマジ見つめ、「ははぁん」と小さく頷《うなず》くと、カウンターに載せたほうの手でもみあげを掻《か》いた。

「ケンカでもしたのか？」

図星を指されて赤くなる。

答えずにいると、今度は「ふふん」と意味ありげに笑った。

「あのな、ボディファームの先生よ。そういうときは速攻相手の部屋へ行き、平身低頭『ごめん』と言うんだ。モノで誤魔化すよりそのほうが効く」

「ヘイシンテイトウってどういう意味？」

実は答えを知らないらしく、コックは宙を見上げて誤魔化した。

「そりゃ、なんだ……とにかく一生懸命に謝るってことさ。それが一番」

「許してもらえなかったら？」

「そんときゃまた謝るさ」

「それでも許してもらえなかったら？」

コックはカウンター越しに永久の頭に手を置いた。大きくて温かな手であった。

「潔く撤退する。で、時間をおいて、またアタックだ」

すぐに許して欲しいんだ。そう思ったが黙っていると、コックは優しい顔で笑った。

ひげ面で、鼻も目も大きくて、一見すると怖い顔だが、保の笑みになぜか似ていた。

「大丈夫。あんたがそれだけ大事に思う相手なんだろ。向こうだって同じだよ」

「それでもやっぱりダメだったら？」

「やけ食いしに来ればいい。俺がなんだって作ってやるよ」

その一言で踏ん切りがついた。

永久は頷き、踵《きびす》を返して、真っ直ぐ金子の部屋へ向かった。

いつものようにノックして、でも、いつものようにはドアを開けられない。覚悟して来たのに、ドアは冷たく拒絶して見え、その奥にいつもと違う光景を見るのではないかと怖かった。ショックを受けた金子はどこかへ連れて行かれたかもしれないし、デスクの下でダンゴムシになったままかもしれない。ぼくのせいで……と、思ったとき、永久は責任を取るということの意味に気がついた。

どんなに気重で怖くても、きちんと気持ちを伝えなきゃならない。ミクにしっかり謝って、ぼくが悪かったと言わなきゃならない。そして二度と当たり散らさないよう努力する。それが責任を持つってことか……すー、はー、すー、と呼吸を整え、

「ミク、ぼくだけど、入るよ」

と、声をかけてから、永久は金子の部屋のドアを開いた。

壁一面のモニターや、機械のモーターが唸《うな》る音、薄暗い部屋で点滅している赤や青の小さいライト、機器が発する熱などが、初めてのように永久を包んだ。けれどモニター画面を見上げると、通常より暗めの設定になったままであることに気がついた。暗闇でも見える永久の目は光に弱い。金子はそれを気遣って、いつも暗めの設定にしてくれる。部屋の様子に変化はなくて、金子はこちらに背中を向けて、降り注ぐコンピュータ言語に浸っていた。ドアを閉め、その場に立ったまま永久は言う。

「ミク……あのね……ごめんなさい」

詫《わ》びると鼻の奥がツンと痛んだ。一度涙を流すことを知ったら、心が動くたびに泣きそうになる。心が動く感覚を、永久は上手に操れない。風雨の海原に小舟一艘《そう》で投

げ出され、舵《かじ》も取れないみたいに感じた。

「酷いこと言ってごめんなさい。ミクはなんにも悪くない。ぼくが勝手な解釈で、タモツや死神博士のことで頭にきて、ミクに当たり散らしてしまったんだよ。ぼく……ぼくが……あの……」

ごめんなさいは何回言えばいいのかな。それとも、もっと上手なやり方があるんだろうか。言い訳や議論のすり替えは得意だけれど、非を認めるだけのことがこんなに難しいなんて思わなかった。永久はその場で頭を下げて、自分の膝《ひざ》に額をつけた。背中を向けている金子からは見えないのに、他には何も思いつけない。そうして耳を澄ませても、変わった音は聞こえない。金子が振り返ることはないのだし、まして喋《しやべ》ることもない。下げ続けてようやく頭を上げたとき、金子は同じ姿勢で椅子にいた。返事をもらえない場合、許してもらえたかどうかはどうやって知ればいいのだろう。

永久は金子に近づいて、また言った。

「肩に触るよ？　触ってもいい？」

相手はモニターを見たままだ。

ミクは表情がないし、視線もあまり動かさないから、何を考えているのかわからない。以前はそれでもかまわなかった。ミクの気持ちを知らなくても、自在に彼を操れた。でも今は、立場が逆転したようだった。永久はゆっくり肩に触れ、金子がビクンと怯《おび》えることを恐れたが、大きな変化は感じなかった。

「ミクごめん」

もう一度永久は言い、保がしてくれるように後ろから彼を抱きしめた。丸みがあって大きな背中はカウチのクッションを思わせる。金子は動かず、じっとしていた。

ピン。とモニターが小さく鳴って、画面に無数の数字が現れる。永久は背筋を伸ばしてそれを見た。ネット銀行の口座記録だ。オシマダカツトと書いてある。自殺した小島田克人の入出金データだった。

「これ……どうしたの」

呟《つぶや》いて、永久は金子の表情を窺《うかが》った。どこか誇らしげな顔にも見える。

「調査を続けてくれてたの？　ぼくとケンカしたあとも」

金子は画面をスクロールしていく。吉田美思ちゃんが誘拐されて数日後、小島田克人の口座に複数回の入金があった。振り込み相手は様々で、二万数千円から五万円までが同日に支払われている。

「全部二十二日に入金してる。なんのお金かな」

言ったそばから、小島田が卑猥《ひわい》な写真を販売していたという話を思い出す。

「盗撮写真を売ったお金か……そうだよね？　そういうのって振り込み日が決まっているの？」

金子はネットの個人売買に関わる規約を呼び出した。

運営サイトが統括して締め日や支払日を確定するという情報はない。

「じゃあさ、同じ日に複数の画像を売ったってこと？　あ、仕事が休みの日だったのかな？　でもさ、受け取った人が全員同じ日にお金を払うって変じゃない？　合計で二十万円だね。部屋がグシャグシャで、ろくな仕事ができそうになくても、こっちで稼いでいたってことかな」

生活ぶりを見る限り、小島田はすべてにおいてずさんな性格と思われた。それでも裏の仕事をすれば生きていける程度の稼ぎはあったというのだろうか。外の世界は複雑怪奇だ。小島田のように世界の狭い人間が複雑怪奇を作っているのかもしれない。

モンシデムシ類の分泌物を採取するため再びボディファームへ向かうとき、永久は花盛りを迎えたハイビスカスの藪《やぶ》に立ち寄って、死んだ友人の近くにしゃがんだ。彼女に報告があったのに、捜査に夢中で、まだ伝えてなかったからだ。

「ハイ、スサナ。ぼくだよ」

友人は大きく口を開けたまま、虚《うろ》になった眼窩《がんか》で花を見ていた。

同じ位置まで頭を下げて同じ景色を覗《のぞ》いてみると、真っ赤な花弁に光が透けて、上に青空が広がっていた。スサナはそんな世界に憧《あこが》れがあったのだろう。

「どうしてタトゥーが二色になったか、理由がわかった。皮膚サンプルをもらったでしょう? 分析結果が出たんだよ……成分が違っていた。スサナのタトゥーは二回に分けて彫られたんだね」

携帯端末タブレットを膝に置き、永久はタトゥーの画像データを呼び出した。皮膚が死ぬことで黒一色から二色に変じたアイビーの図柄だ。

「画像も整理してみたよ。そうしたら、わかっちゃった」

頭蓋骨《とうがいこつ》が少し不愉快そうだ。スサナはその話題に触れて欲しくないのかもしれないけれど、永久は頭蓋骨にタブレットを向けて画面に細い指を這《は》わせた。

「ほらここ。こっちが先に入れたタトゥーで、ほかは最初のタトゥーを誤魔化すために新しく入れた部分だよ。アイビーの図柄にしたのも自然に見せるための工夫だ」

風で花影がひらひら揺れて、スサナの顔に紅を差す。

やめて。ずいぶん昔の話よ、今の私には関係ないね。

スサナがそう答えた気がして、永久は説明を中断した。

彼女の遺骸《いがい》は劣化が進み、まもなくバラバラになりそうだ。全体を包んでいた衣服も紫外線に晒《さら》されて弱くなり、徐々に分解が進んでいる。化繊ではなく自然由来の生地だったなら、もっと早くボロボロになって消えていたはずだ。

遺体の変化を観察すると、生き物を構成する成分が地上にあるものばかりだという当たり前のことに感動する。それが証拠に、地中に埋められた死体の場合、植物由来の衣服は残らず、化織の衣服は残ってしまう。何より興味深いのは、遺体自体は地球を穢《けが》さないということだ。地球から生まれて再び地球に還《かえ》っていくが、死に折り合いをつけられない生者の想いは、傷ついたり傷つけたりしながら、いつまでも消えずに漂っているのだ。

「聞きたくないなら、ここまでにしとく」

そう言って、永久はスサナの許《もと》を離れた。

分析してみてわかったのは、彼女が最初に入れたタトゥーが図柄でなく、『エメ』というフランスの名前だということだった。エメはスサナの保護者で愛人、テロ組織のボスだった男と聞いた。永久のオリジナルも同じ組織の人だった。主義主張の違いからオリジナルがエメを殺して組織のボスになったとき、生き抜く手段としてスサナは文字にタトゥーを足して、愛人の名前を隠したのだ。

その事実は、晩期死体現象の研究者であり、快活で魅力的だったスサナという女性の生き様や内面を永久に示した。長い髪で褐色の肌、原色の服に白衣をまとい、白いスニーカーを履いた彼女の新しい過去だ。

スサナが生きていたころ永久はまだ子供だったし、彼女も組織のことを隠していた。それでもこうしてタトゥーの秘密を知ってしまうと、人生の長さや複雑さ、生き延びることの意義を考える。死ぬことの意味や必然も。

当たり散らしてデータを取れなくしてしまった人たちを、きちんとしなきゃと永久は思った。タカコもタカオもほかのみんなも、バラバラのままになっているからだ。管理しているのはぼくだから、責任を持って片付ける。センターにも謝罪して、またデータを取り直す。自分の非を認めることは火で焼かれるほど辛《つら》いけど、生きてるぼくはそれをして、前に進まなきゃならないのだろう。

「難しいなあ……生きるって……」

誰にともなく呟いて、永久はセンタードームに入った。

第五章　アイズ

七月上旬。

赤いハイビスカスがスサナの情念のように咲き誇り、蟬の声がけたたましくて、入道雲が湧いていて、暑い日が続いたある日のこと。作業を終えてカウンセリングルームへ戻っていくと、ノックのあとに保が出てきてこう言った。

「ONE。ちょっと……」

ドアの隙間からいつもより空調の効いた風が来たので、来客がいることはすぐにわかった。応接室のドアが開け放たれて、コーヒーの香りがしている。

「……シャワーを浴びたら来てくれないか。一緒に話を聞いて欲しい」

「わかった」

答えて永久はシャワールームへ直行し、ファームの臭いと菌を落として部屋に戻った。なんの話かと思ったら、死神女史とガンさんと、あの若い女刑事が来ているのだった。応接テーブルに書類が載せられ、一番上にある遺体写真が目を惹《ひ》いた。

それは二十歳くらいの男性で、地下道の湿った路面とむき出しのコンクリート壁の角にうつ伏せて、ほぼ横倒しになっていた。

「また事件？」

訊《き》くと死神女史が永久を見て、

「そういうことだよ。残念ながらね」

と、皮肉に答えた。

「先に言うけど、これは警視庁の事件じゃないんだ。吉田美思ちゃん殺害事件で厚田警部補が共有した全国の犯罪データに、これがヒットしてきてね」

「こちらの現場は福岡です。遺体発見は七月十一日の午前五時過ぎ。部活の早朝練習で地下道を通った女子高生二人が見つけて所轄に通報してきたそうです。駅にショートカットできることから、地下道は地域住民の抜け道になっていました。被害男性の住居も近くにあって通常の通勤路です。この周辺には防犯カメラがありません」

と、堀北刑事がハキハキ告げた。保のオフィスはいつから猟奇犯罪捜査班の捜査本部になったんだろうと思いながら、テーブルに近づいて写真をつまむと、下から遺体の顔面を写したものが出てきた。遺体は涙を流している。血の涙だ。

「え。まさか眼球を盗《と》られてる？」

「その通りだよ」

　と、ガンさんが言った。

「両目とも？」

「はい。盗られています。今回は瞼《まぶた》に傷がありませんし、切り口も大変きれいです。所轄署の検視官の話では専門の道具もしくは高度な外科的手法が用いられているとのことでした」

　ほかに検死の写真もあった。眼窩はきれいで、キズも少ない。

「どういうこと？　あの事件は解決済みじゃ……」

「それを相談に来たんだよ」

　死神女史が脚を組んだので、彼女と堀北がいる三人掛けソファの向かいに永久は座った。写真をすべて確認したが、ますますわけがわからなくなる。

「刺されているね。死因はこれかな」

「失血死だよ。傷口を見るとサバイバルナイフ様のもので大腿《だいたい》動脈を切られてる。血が噴き出して、数分で意識が混濁しただろう。眼球はそれから抜いた」

「犯人に医学の知識があるってこと？」

「そう思う。もしくは『その筋』の人間か……連中は、ここか、ここ――」

　と、女史は人差し指で心臓と頸動脈《けいどうみゃく》を順繰りに指した。

「――を狙うんだ。一撃必殺ってやつね」

「所轄署の捜査本部は『その筋』を当たっているとのことでした」

「でも、暴力団は眼球を抜かないでしょ？」

「そうとも言えねえ。目はインパクトが強いからな、見せしめのためにやったのかも……まあ、被害者は善良な一般市民で、俺も個人的にはその筋と無関係だと思っているが、それにしちゃ、やり口がえげつねえ」

「でもこれは美思ちゃんの事件とは別だよね？　小島田克人は自殺して、被疑者死亡のまま書類送検だったわけでしょう？」

「一丁前に専門用語を使ったな――」

フンと笑って、ガンさんは身を乗り出した。

「――だが石上先生は気になっているそうだ」

「あたしはさ、どれほど世の中が荒《すさ》んでも、好んで眼球を盗むような人間が日本中にいるとは思えないんだよ。しかも事件と事件の間が近い」

「たしかにそうですね。殺害方法も現場も手口も被害者も違うのに、共通して眼球が消えている」

自分のデスクから保が言った。

「犯人が複数いるってこと？」

永久が訊くと、保が答えた。

「そうだと思う」

「グループなの？　結社とかカルトとか？」

小島田克人に限って言えば、グループ仕事などできそうにないが。

「まだわからないよ」

「とにかくあたしは、犯人が目玉を盗む理由が知りたいんだよ。あんなものが売り物になるとは思えないしさ、その手の店に行けば、本物と見紛《みまが》うヤツが売ってるだろ」

「どうなんです？　目玉ってぇのは、なにかの意味があるんでしょうかね？」

「うーん……どうかなあ……すぐに思いつくのは『プロビデンスの目』とか」

言いながら、永久は写真を引き寄せた。自分が殺人者だったとき、オカルトの本を何冊も読んだ。クトゥルフ神話もそのひとつだが、人智を超えた力に憧《あこが》れがあったのだ。『プロビデンスの目』はオカルトではなくキリスト教だけど、目をアピールしたビジュアルは神聖さよりも異様さを感じさせて不気味だ。

「なんだ？　そのプロなんちゃらってのは」

「厚田警部補も見たことあるでしょ？　三角形の真ん中に目だけが大きく描かれているやつ。背景に炎があったり、太陽だったり、光だったり、ちょっとはアレンジされているけど、三角と目は共通なんだよ」

ガンさんたちは顔を見合わせ、死神女史が首をすくめた。

あまりピンときていないのだ。それを見ると保が真面目な顔で、

「プロビデンスは『摂理』を意味し、中世以降のキリスト教で三位一体を意味する三角形や神の威光とともにデザイン化されて、教会の外壁や宗教画、大学や秘密結社のモチーフなどに使用されてきました」

パソコンに画像を呼び出すと、テーブルに運んでガンさんたちに見せた。

「あ、なるほどね。見たことがある――」

死神女史がつぶやいた。

「――アメリカドル紙幣の裏にあるヤツじゃないか。へえ、これが……」

「気持ちわりぃマークだな……俺には神の威光というよりも、『見てるぞ』って威嚇に思えますがね」

「フリーメーソンもこのマークじゃなかったですか」

と、堀北も言う。

「厚田警部補の感じ方で正しいと思います。どんな悪事も見逃さない、そういう意味が込められているのでしょう」

「そんなら神様とやらに説明して欲しいものだねえ。どうしてこうも次から次へと厭《いや》な事件が起きるのか。見てるだけでなにもしないなら、神様じゃなくても、あたしだ

って誰だってできる」

「まあまあ、先生」

ガンさんは保に目をやり、少しだけ首をすくめた。永久が言う。

「神様と目を結びつけること自体は珍しくないよ。たとえば古代エジプト人は、太陽と月をホルス神の目だと思っていたんだ。あと、インドやヨーロッパには、右目は善で左目が悪という考え方があるんだよ。右目が善行を見ているときに、左目は粗探しをしているんだって」

「よく知ってやがるなあ、坊主」

ガンさんは感心して言った。

「日本にも『目は心の窓』という諺《ことわざ》がありますね。そういう意味で言うのなら……」

話の途中で、永久は「そうだ」と声を上げた。

「そういえば、法医学オプトグラフィーというのもあるよ。網膜に焼き付いた映像を取り出す捜査方法が提唱された十九世紀、死体の目を潰《つぶ》す殺人者が増えたって……あ、でも今回は、潰すんじゃなくて持ち帰っているから違うよね」

「この事件で犯人は、眼球そのものに特別な何かを感じてるってか。くそぅ……なんだろうなあ、それは」

「でも、ガンさん。それは、そもそもこれらの事件が一つにつながっていた場合です。

先《ま》ずはそこが問題ではないかと」

堀北がそう言って、鞄《かばん》から別の資料を引き出した。

「こちらは前回お持ちした資料の最新版です」

取り出したのは何枚もの写真であった。死神女史が補足する。

「あたしが勝手に怪しいと思った件の被害者たちね。前回は法医学のデータだったけど、今回は警部補に頼んで生前の写真を入手してきたから」

「前のときは本庁の連中も嗤《わら》ってましたがね、福岡の件でようやく聞く耳を持ったってことなんで」

福岡の被害者の写真を脇へよけると、堀北は保と永久が見やすい向きに写真を並べた。それぞれに付箋《ふせん》のキャプションが付けてあり、被害者の名前と年齢、遺体の発見場所、死亡の経緯がメモしてあった。前回同様に、交通事故、山中で行方不明になったのち遺体で発見、縊死《いし》など、殺人ではないものが含まれている。

「死神博士はこれが全部事故じゃなくて殺人だったと思うの？　目玉がないから」

永久が訊《き》くと、死神女史はタバコを吸いたそうに右手の指をヒラヒラさせた。センター内部は禁煙だし、タバコは外から持ち込めない。

「共通点が見つかってつながるのなら、そういうことだろ？　事故や自殺で処理されたけど実は殺人だったってのは、残念ながらあり得るからね」

カードのように並んだ写真には、老齢から少年まで、見た目も年齢も性別も様々な人たちが写っている。共通点があるとするなら、温厚で人が良さそうで、みな善良な顔つきをしているということくらいだ。

「え。あれ？」

永久は福岡で殺害された青年の生前写真を引き寄せて、他の写真と一緒に並べた。その画《え》に見覚えがある気がしたからだ。個別に記憶があるわけじゃなく、善良そうな人たちが画像で並ぶビジョンを覚えているのだ。

「どうした坊主」

と、ガンさんが訊く。

「うん……ええと……」

そうだ、リアル天使掲示板だ。あのサイトの構成と似てるんだ。

考えながらよく見ると、何人かは投稿写真にいたような気さえした。

「ちょっと待って」と永久は言い、

「タモツのパソコン、ネットにつないでもいい？」

と、訊いた。許可を得てネットに接続し、『リアル天使掲示板』で検索すると、当該サイトらしきバナーは出たが、IDとパスワードを求められて、そこから先へ進めなくなった。保たちが見守っているので説明をする。

「前に厚田警部補は、吉田美思ちゃんとぼくの写真が犯人のスマホにあったと言っていたでしょう？」

「そうだ。プロファイラーには連絡したが」

「うん。それって美思ちゃんがぼくに傘をくれたときの写真だよね？」

ガンさんは頷《うなず》いた。

「あとは坊主がホームレスに傘をやったときの写真だな」

「それなんだけど、犯人はそれらの写真を投稿サイトに上げていたんだよ。『リアル天使掲示板』ってサイトで、これがそうなんだけど……鍵《かぎ》がかかっていて入れない。IDとパスワードが必要みたいだ」

「リアル天使掲示板ねえ」

死神女史が呆《あき》れたふうに呟《つぶや》くと、

「ちょっと中二病っぽいですね——」

と、若い堀北刑事も言った。

「——パスワードにハレルヤとかアーメンとか使いそう」

試しに永久が打ち込むと、

『はははははっ、はあ！』

と、馬鹿にしたような笑い声がした。

「会員制のサイトなのかな」

と、保が呟く。

「かもしれない。見つけたのはミクだから、表のサイトじゃないのかも」

永久は携帯端末から金子にメッセージを送った。

――ぼくだけど、リアル天使掲示板に入るIDとパスワードを教えてよ――

すぐに金子は返事をよこした。IDは666で、パスワードは、

――ein――

「アイン。アインはヘブライ語で目のことだ」

と、携帯端末を覗《のぞ》いて保が言った。

「随分と単純なパスワードですね。シンプルすぎてセキュリティ的にどうなんでしょうか」

堀北の言葉には永久が応《こた》えた。

「セキュリティなんかどうでもよくて、天使好きな人を集めたいだけかも」

保も顔を上げて言う。

「それで思い出しました。聖書には『目は身体の灯火《ともしび》』という言葉があって、澄んでいれば『光』、濁っていれば『闇』だそうです」

「聖書で言うなら、666は獣、もしくは人間の数字です」

「小島田みたいな人でも覚えやすいって意味では秀逸じゃない？」

堀北も言う。

永久が皮肉を言ったとき、再度金子からのメッセージが届いた。

——lens　FM10——

あれ？　なんだろう。そう思ったが、大人たちが活発に話しているので黙っていた。

ガンさんが前のめりになって気を吐いている。

「だが、それと目玉はどう関係してくる？　死人の目玉を集めてどんな得がある？

俺にはさっぱりわからねえなあ」

「なんだろうねぇ……犯人は眼球に特別な力があると信じてるのかい？　あれはゼリー状のコラーゲンだよ。美容整形外科でも使っているし、歯肉だって同じだ」

死神女史が溜息《ためいき》を吐く脇で、永久はタイトルページにIDとパスワードを打ち込んだ。IDが666。パスワードはeinだ。セキュリティが解除されて画面が変わり、サイト内に並んだ投稿写真が映し出される。

「出たよ」

と言うと警部補たちが席を立ち、永久の背後に集まって来た。

驚くことに投稿写真のトップページには、ホームレスに傘を与える永久の写真が大きく載せられていた。

「なんだ、こりゃ坊主じゃねえか。どうなってんだ」

ガンさんが唸《うな》ると、永久も怪訝《けげん》そうに眉根《まゆね》を寄せて、

「おかしいな……前と配置が違うし、美思ちゃんの写真も消えている」

と、つぶやいた。大人たちにもわかるように説明する。

「このサイトを見つけたときは、美思ちゃんの写真をスキャンして、ミクに顔認証してもらったんだよ。彼女の写真がネットのどこかに載っていないか調べたら、ここがヒットしてきたんだけど」

スクロールして確認すると写真の数も減っていた。あのときは百枚近くあった画像が二十枚程度になっている。そのためなのか、ページごとに一枚だけ大きく扱われた写真があって、一枚目のそれが永久だった。

「どうしてネットを調べたの」

と、保が訊いた。

「シャッター音を聞いたから」

答えながら、永久はそのことを保やガンさんに伝えていなかったなと思う。

「八王子西署で警部補と話した後で、美思ちゃんと会った日のことを考えたんだ。雨の音とか花の匂いとか思い出していたら、急に音が聞こえたんだよ。『シャン』って」

「フラッシュバック。ＯＮＥが持って生まれた瞬間記憶能力だね。まったく関係ない

ときに、突然、細部まで鮮明に思い出すんだ」

「障害があるからだね？　ぼくに」

「そう。よい面と悪い面は常に背中合わせだ。金子くんがサヴァンであるのと同じ。障害でもあり、能力でもある。どちらを見るかでそれは変わるよ」

「んで、シャッター音からどうしてネットの妙なサイトに発想が飛ぶのか教えてくれや。俺にはさっぱりわからんぞ」

モニターから目を上げて、永久はガンさんの顔を見た。

「何年ぶりかで外に出たら、みんなスマホを持っていて、パチパチ写真を撮っているんだ。撮った写真はどうするの？　ネットに上げて自慢するでしょ？　だから公園でシャッター音を聞いたなら、その写真もどこかに上がっているかもしれないと思ったんだよ。音はぼくの背中でしたから、写されたのは美思ちゃんとママのはず。陰から撮っていたわけだから、たぶん怪しい用途だと思う」

「それで見つけたのがこのサイトってわけかい……なるほどね」

二本の指を唇に当て、死神女史はタバコを吸うふりをした。

「だけど美思ちゃんの写真が消えている。あのときは確かにあったんだよ。ほかにも福岡で死んだ人とか、お婆さんとか、サイトに載ってた気がするんだけど……」

ちょっと待ってて、と永久は言い、またも金子にメッセージを送った。

──ミク。ぼくだけど。おかげでサイトに入れたよ、ありがとう。でもさ、あの子の写真が消えているんだ。バックアップを取ってない？──

返信は記号とアルファベットで戻ってきた。

「データが重くて送れないから、センター専用のクラウドを使ったみたいだね」

保がノートパソコンを引き寄せて、金子が送ってきたURLへ飛ぶ。金子が保存していた画面データを呼び出すためだ。圧縮データを解凍すると、消去された画面がモニターに浮かび上がった。永久に傘を与える美思ちゃんの写真が載っている。写真の数字は0・2。合計金額二十万円。永久は美思ちゃんが亡くなった直後、複数回にわたって小島田克人の口座に振り込まれたお金のことを思い出していた。

「ガンさん、そこ、ちょっとそこを見てください」

突然、堀北が緊迫した声を出す。興奮した表情で指す先に、老女の手を引いて横断歩道を渡る青年がいる。福岡の被害男性の生前写真を引き寄せて、堀北はそれをモニターに並べた。同じ青年だ。写真の数字は0・31。

「この、隅に書かれてる数字はなんだ？」

と、厚田が訊《き》いた。答えを知る者は誰もいない。

「前のデータと今とでは、永久さんの数字が変わっていますね。こちらのデータが1・5。新しいものは1・8です」

「日付……じゃないねえ？　なんだろう」

「金子くんは何か言ってなかった？」

と、保が訊いた。あの後すぐにケンカして数字どころじゃなかったけれど……考えながら永久は言う。

「この数字の話じゃないけど、ミクは小島田克人の口座を調べていたよ」

「盗撮画像の販売履歴か？　それならこっちも調べたぞ。ヤツの口座はたまに入金があり、単価としては二千円から三千円ってところだったが」

「でも、六月二十二日は一斉にいろんな人から振り込みがあったんだ。ぼくたちも変な写真の代金だとは思ったけど、どうしてみんな同じ日に支払いしたのか不思議で」

すると保が訊いてきた。

「その金額も二、三千円？」

「もっとかな、二万数千円から五万円くらい」

「通常よりも高額ですね」

と、堀北が言う。以前より積極的に会話に加わってくる。

「そうだよね、総額で二十……」

ハッとして、永久はパソコンに視線を振った。

「０・２って、そういう意味かな」

「そういう意味って、どういう意味だい？」

銀縁メガネを押し上げて、死神女史はモニターを自分に向ける。背後からガンさんが覗き込み、写真に振られた数字を確認して言った。

「まてよ？　数字ナシってのもあるな」

「あたしにはまったく意味不明だよ」

「ONEはこのサイトが事件に関係していると思うんだね？」

「わからない。でも、美思ちゃんの写真があったのは事実だ」

何か考えていたらしき堀北が、各自の顔を見ながら訊いた。

「サイトに載せられているすべての写真を、眼球のない被害者のものと比べてみたらどうですか？」

「完全に合致するとは限りませんよ」

と、保が言った。

「現に吉田美思ちゃんの写真は削除されています。福岡の男性の写真も、です」

「殺したから消したと思う？　タモツもこのサイトが関係していると思うんだね」

「たまたまサイトに被害者の写真があるのを見つけて、下手に勘ぐられないよう削除したのかもしれねえがなあ」

「それは違うよ、厚田警部補」

　永久はガンさんではなく保に向かって訴えた。

「ミクとサイトを調べたとき、美思ちゃんの生前写真は警部補の資料でしか手に入らなかったんだ。ネットニュースに美思ちゃんの写真はなかったし、デジタル版の新聞にも載っていなかった。警察は美思ちゃんの写真を公表しなかった」

　そしてガンさんを見て訊いた。

「福岡の若い男性は？　ネットニュースが写真を出した？」

「いや……まだだ」

　と、ガンさんが答える。

「まだ第一報が載ったところだ。遺族は写真を出さんだろうから、今頃メディアが関係者を当たって、卒業写真とかスマホとか、画像の入手に躍起になってると思うがな」

「ほらね。それなのに美思ちゃんの写真は事件後にサイトから消えたんだ。これってどこか変だよね」

「美思ちゃんの失踪《しっそう》は十九日、遺体発見が二十二日。公開捜査はされず、遺体発見でニュースになりました」

「サイトが写真を消したのはいつだ」

「ぼくとミクが調べたのは、八王子西署で警部補に会った日の夜だよ。そのときにはまだ写真があったんだから」

「それなら三十日です」

と、堀北が言う。

「三十日にはすでにニュースになってたぞ……いや、だが写真は出てないな。公開捜査になる前に遺体が見つかって、その後も写真は出ていない……偶然か……いや」

ガンさんは顎《あご》の先を捻《ひね》り始めた。

「永久少年の言うとおりだよ。被害者二人が同一サイトの掲示板に……そんな偶然、めったにあるとも思えないけどね」

死神女史もそう言った。

永久は首の後ろで指を組み、宙を見上げて考えた。無惨な姿の美思ちゃん、血の涙を流す青年。どんなに善良で可愛らしくて愛されている人間も、死んだらあんなふうになる。でも逆に、死んでからわかることもある。スサナがエメの名前を隠していたとか……それはスサナが生きていたなら決して語らず、知られなかったことだと思う。スサナは組織の人だったから、生きている間は組織が彼女の神だったんだ。

「……あっ……そうか……」

頭の中でスサナが笑う。褐色の肌に白い歯で、輝くような瞳《ひとみ》のままで。永久は半分だけ腰を浮かせて、死神女史や堀北が見ているパソコンに手を振った。

「組織みたいなものかもしれない！　スサナのタトゥーと同じかも」

組織とは、ある目的のために形作られる集まりのことだ。

「なんだ？　小僧、どういう意味だ」

「小僧って呼んだね」

ジロリとガンさんを睨《にら》んでから、永久は保に目を移す。

「もしかしたらさ、リアル天使掲示板はカタログなのかもしれないよ」

「カタログ？　どういうこと……」

と、保が訊いた。訊きはしたけど理解できたという顔だ。永久はそのまま立ち上がり、全員に見える角度にパソコンを回した。

「パスワードはアイン、目のことだ。IDは666。ちょっと聖書の知識があれば頭に浮かぶ数字で、覚えやすいよね。いちいち確認しなくても覚えておける、ここが大事なんだと思う。サイトに載っているのは天使のように善良な人たちで、投稿するのは一般人。だけどたぶん掲載許可とか取っていなくて、被写体が知らないうちに撮影した写真なんかを投稿できる会員制のサイトなんだよ。肖像権の侵害とかのリスクを負わずに写真を見てもらえるっていうね。ほかに、カムフラージュでサイト主が転載した写真も載せているのかも……どっちにしても数字がないのはフェイク画像の水増し写真なんだと思う」

「このサイトはダークウェブにあるんだね？」

保はそう言ってから、ガンさんを見た。

「ダークウェブは匿名性が守られるウェブという意味です。サイバー犯罪の温床などと言われることもありますが、基本的に誰でも利用可能です」

「ふむ」

ガンさんは頷《うなず》いた。

「ぼくはミクほど詳しくないけど、専用アプリをダウンロードすればアクセスできて、それ用の検索エンジンを使えば閲覧もできるんだよ。匿名性って言うけどさ、逆にIDとパスワードさえ晒《さら》しておけば呼びたい相手を招待できるってことだよね。たとえば写真のブログなんかへ行って、アナタの写真が素晴らしいからプロの集まるサイトにアップさせてくれませんか？　とかメールを送って鍵《かぎ》を渡すんだ。すると『自分が選ばれて鍵をもらった』みたいな優越感が生まれて……待って？　そうか……そういうことか」

永久は瞳を輝かせ、自分の携帯端末を大人たちに向けて、金子が送ってきた二つ目のIDとパスワードを見せた。

——FM10　lens——

「それはなに？」

と、保が訊《き》いた。

「ミクが送ってきた二つ目のＩＤとパスワードだよ」

「二つ目って、どういうことですか？」

そう訊いたのは堀北だ。興奮で、永久は声が高くなる。

「さっきはぼくもそう思って……鍵が開いたから、なんなのかなって……でも、わかったんだ。lens はレンズのことだよね？　FM10 は……」

「レンズときたら一眼レフだろう。イマドキのデジタル世代は知らねえかもしれんが、ニコンの一眼レフっていやぁ、おまえ」

「なるほど。そうか」

保が深く頷いた。種明かしを横取りされないように、永久は勇んで先を続ける。

「つまりは『FM10』も『レンズ』も、善良な撮影マニア向けの覚えやすいＩＤとパスワードってことだね。サイト主はその両方が必要なんだよ。リアル天使掲示板のトップページにはサイト主とコンタクトを取るためのバナーがあるから、誰かが連絡をよこしたときに、『どっち経由』か、わかるようにしてたんだ」

「ああ？　どういうことだ？」

難しい顔でガンさんが訊いた。

「サイト主はいろんな『天使』の写真が欲しい。だからサイトにアクセスするためのＩＤとパスワードを単純明快で覚えやすいものに設定して、善意の撮影者と個別にアクセスして教えたり、写真家が見るウェブ上とかに書き込んだりして、写真をたくさん集めてるんだよ」

「よくわからんな。そんなら面倒くさいＩＤやパスワードなんか設定せずに、誰でもアクセスできるようにしとけばいいんじゃないのか？」

ガンさんへの説明を、保が代わる。

「ＩＤとパスワードは、サイトのタイトルページからコンタクトしてきた人物の目的を振り分けるために必要なんです。最初から表用と裏用に二種類用意しておく。６６６とeinは裏用で、FM10とlensは表用です。そうすればサイト主は相手がどちらのルートからアクセスしたかを確認できる。管理者は管理用画面を見られますから」

「そういうものか？」

と、ガンさんは永久を見た。

「表ルートからのアクセスは表の顔で対応します。裏ルートからのアクセスならば」

「ぼくもタモツと同じ意見だ。サイト主は善良無害なサイトを装うことで、善意の写真投稿者から天使の写真を提供させているんだよ」

「私もよくわかりません。それはなんのために、ですか？」

と、堀北が訊く。

「カタログはサイト主が管理するけど、投稿するのはサイト主じゃないってところが大事なんだよ。サイト主だって天使ばっかり探して歩くわけにはいかないし、そもそも目立って異常だし。だから誰かが撮った天使のような人の写真を掲示板にアップさせて、集めているんだ。投稿者のほうは殺したくて載せるわけじゃないけどさ、サイト主が天使を気に入れば、写真の隅に数字が入る。0・2は二十万円。0・31は三十一万円。もちろん投稿者はそれを知らない。で、そこから先は悪意のダークウェブなんだ。たぶん別のバナーがどこかに出ていて、サイトのURLとIDとパスワード、写真に付けられた数字の意味が隠語かなんかで表示されてる。悪質な利用者がたまたま天使を見かけたら、跡を付けるとかして身元を割り出す。あとはサイト主とコンタクトを取って交渉し、実行してもいいし、しなくてもいいけど、実行した場合は報酬が出るんだ。そういうゲーム、ゲームだよ」

「ったく……なんてえ世の中だ――」

ガンさんは苦虫をかみつぶしたような顔をした。

「闇バイトの求人などにバナーを貼ってIDとパスワードを開示する……釣られた悪人が掲示板に誘導されていくわけですね――」

と、堀北刑事が頷いた。

「――似たような事件を捜査したことがあります」

「たしかにな……だが、ネット関係を捜査するなら、警視庁にもビッグデータを扱う班がある」

「ミクのほうが早くて正確だよ。法に触れるとか関係ないし」

言い捨てて永久は続ける。カラーコンタクトをしていても、瞳が青く輝いている。

「仮説だけど、小島田克人はすでにサイトを知っていて、『天使な写真』を撮る瞬間を狙っていたのかもしれないよ」

「美思ちゃんをマークしていたと思うのかい？」

保に訊かれて永久は答えた。

「だらしなくていい加減だから、小さい子なら誰でもよかったのかもしれないけど、ああいうタイプの『一挙両得』って言うの？　そう思ったのかもしれない……仕事に来て、公園で、たまたま美思ちゃんが善いことをするのを写真に撮ってサイトに載せて……値段がついたから実行したとか」

「とんでもない一挙両得だよ。下衆野郎《げすやろう》のすることとったら、まったく」

死神女史は眉根《まゆね》を寄せて吐き捨てた。

「殺人ゲームというか、天使の目玉。あれは天使の目玉のカタログなんだ」

永久の言葉で大人たちは息を呑《の》み、しばらくしてから堀北が言った。

「そういうことなら……犯行の前日には、小島田が美思ちゃんの画像を投稿していたということになりますね」

「そうだと思うよ。ぼくらが見たときには、もう数字が入っていたし」

仮説を納得させようと、永久は密《ひそ》かに胸を張る。

「いやいや、待て待て。つまりはなにか？　天使みたいな人間を殺すだけじゃ飽き足らず、目玉を取引してるってか」

「うん。ぼくはそう思う。そうでしょう？」

ガンさんは死神女史のほうを見て、「世も末だな」と首をすくめた。

「ただ……ぼく的に不思議なこともあるんだよ……もしもぼくがサイト主で、美思ちゃんの殺害を知って、そしたらすぐに写真を消すと思うけど、どうしてそうしなかったのかなあ。実際、男性の写真はすぐに消されたわけだから……美思ちゃんの事件が報道されたのはいつ？」

「二十三日です」

と、堀北が言う。

「その日からぼくたちが写真を見たころまで、削除できなかった理由があるのかもしれないよ」

「仮説はいいがな……金をもらうためには眼球を……なんだ、依頼人に渡さなきゃならねえわけだろ？　その場合、サイト主とやらは、目玉が本人のものだと、どうやって確認するんだ？」

「写真を一緒に送るんじゃないかな。殺してすぐのでもいいし、眼球を抜いてからのでもいい。そういう写真はインチキができないでしょ？　それを目玉と一緒に送ったら、引き換えに報酬が払い込まれる」

「ううむ――」

ガンさんは低く唸《うな》って、

「――たしかに小島田克人のスマホには犯行後の写真が残っていたが……あれはそういう意味だったのか……俺はてっきり……いや、やめておこう」

悪いモノを吹き飛ばすかのように、ブルブルンと頭を振った。

「その場合でもお金だけ移動すると目立つから、何かを売り買いしたように装って、総額を分けて支払ったんだよ」

「同じ日に複数回の入金があった理由がそれか。なるほどね」

と、保が言った。

「ぼく的に美思ちゃん殺害は誘拐当日だと思うんだ……ママと長く離れていたら、あの子はきっと泣いたから。小島田克人は車の中であの子を殺害、自宅に運んで弄《もてあそ》び、二十日に眼球をサイト主に送った……サイト主は確認してから支払いをする。そうすると、大体二十二日が振り込みになると思わない？」

「写真はいいがな、ヤツの部屋にはプリンターがなかったぞ」

「コンビニのコピー機とかで出力したんじゃないでしょうか」

堀北の言葉にガンさんは厭《いや》そうな顔をした。

「子供の死体写真を、か？　不特定多数が出入りしている外部の機械で？」

「そもそも、まともな感覚の人間は子供を殺したりしないからねえ」

死神女史が堀北を支持すると、ガンさんは頭を掻《か》いた。

「そうなると店が多すぎて確認は無理かもしれん」

保も横からガンさんに訊《き》いた。

「犯人の家に眼球はなかったんですね？」

「見つからなかった。家も、物置も、車の中にも」

「サイト主に送ったからだよ」

「ＯＮＥの推理が当たっているのかもしれません」

「興味深いねえ」

死神女史は脚だけでなく腕も組み、険しい顔で被害者たちの写真を睨《にら》んだ。彼らの中にはすでに死亡から数ヶ月が経過してしまった人もいる。

「サイトから消去されたデータは、もう確認できないんでしょうか」

堀北が訊くと保が答えた。

「テキストならともかく、すでに時間が経ってしまった画像の復元は難しいと思います。でも、サイト主のパソコンからなら可能かもしれない」

「サイト主が見つかってパソコンを押収できればいいってことだね」

「その場合はサイト主が主犯格、実行犯が複数人いるということになるわけですね」

堀北の目はガンさんではなく、永久と保を交互に見ていた。奥に別世界がある穴を覗《のぞ》いているみたいな顔をしている。

「縊《い》死《し》、交通事故、殺人……様々な死に方や眼球の無くなり方も、複数の単独犯の仕業というなら頷《うなず》けます」

と、保が頷く。

「だけどサイトに被害者らの写真があったかは検証不可能。参ったねえ」

独り言のように呟《つぶや》いて、死神女史はブラインドのほうを見た。

こめかみに人差し指を当て、保も首を傾けながら言う。

「難しいのは被害者と加害者がつながらない可能性があることですね。小島田克人と吉田美思ちゃんのように接点があるならともかく、ほかの被害者はどうでしょう？殺人願望を持つ人物や金に困っている人物などがサイトを閲覧、偶然『天使』を見かけてあとをつけ、自殺に見せかけて殺害するとか、もしくは衝動的行動に出て車をぶつけてしまうとか……ありそうですね」

「基本的な疑問があります。人は二十万や三十万で人を殺すものですか？」

堀北が訊くと、ガンさんが答えた。

「残念だがな、端金《はしたがね》で寿命を買わなきゃならんほど切羽詰まったヤツってぇのはいるもんだ。悪い筋から金を借り、ボコボコにされて脅されて、異次元の恐怖をすり込まれるとか。家族を襲うと脅されたり、当座の金を渡せないなら歯や指や耳をよこせと言われたり……あとは小島田克人のようにゲーム感覚で趣味と実益を兼ねようって輩《やから》も世の中にはいる。まったくな」

「そして目玉を奪って報酬を得る……そうならたしかに世も末だねえ——」

死神女史は首をすくめて頭《かぶり》を振った。

「——眼球を抜くというのはハードルが高い。なのに事件は起きている。別々の場所で別々の人間がやっているってところがミソか……いやだねえ」

堀北は梅干しを食べたような顔をしている。

「ちくしょうめ。悪党どもがネットでつながると手に負えねえな。どこをどう調べりゃいいんだ」

ガンさんが頭を抱えると、永久は大人たちを順繰りに見た。

「こうは考えられない？　死神博士が言うように、眼球を抜くのはハードル高いよ。素人が眼球を抜いても固定の仕方とかわからないし……そうすると、『戦利品』は冷凍か冷蔵で送ると思うんだ。事件は各地で起きたとしても、サイトを運営する眼球コレクターは一人でしょ？　宅配記録を調べたら、しょっちゅう冷蔵便を受け取っているかもしれないよ。あと、犯人たちは送り先をどうやって知ったと思う？」

サイトの画面を指して訊く。答えたのは保だ。

「サイトにアクセスしてきた後は、身バレしないよう直接連絡を取り合ったはずです。スマホのアプリを使うとか、もしくは履歴が残らない電話やファックスを使うとか」

「小島田克人は利口そうに見えなかったから、難しい仕掛けじゃないはずだよ」

「スマホのアプリは難しくないよ。ダウンロードすればいいだけだから」

と、保がまた言った。

「残念ながら押収したスマホにそのような履歴はありませんでした。アプリを使わず直接通話をしていたら、小島田が録音していない限りは調べようがありません」

「ったく……なあ」

ガンさんが呆《あき》れたふうに溜息《ためいき》を吐く。複雑なネット事情はお手上げという顔だ。

「でも、ガンさん。サイトへの誘導やアクセス手段が複雑に見えたとしても、永久さんやプロファイラーが言うように、蓋《ふた》を開けたら簡単なのかもしれません」

「小島田の自宅に宅配の送り状はなかったぞ」

「サイト主に言われて破棄したのかもしれません。彼の写真を持って行動範囲の運送業者を当たり、記録を調べてもらったらどうでしょう」

「そうだな……二十日から二十一日に配送ルートに載った荷物ってことか」

「業者を見つけて送り先がわかれば、サイトの管理人をたどっていけます」

「自宅を送り先にしていない可能性もありますね。宅配業者は同じルートを受け持つので各家の事情を大まかに把握しています。だから、品物の引き取りが営業所止め、もしくはコンビニとか、貸しボックスを使っているかもしれません」

「なるほど、わかった。堀北、署へ戻ったらおまえからみんなに説明してくれ」

「わかりました」

大人たちが勢いを増していくのを眺めながら、永久は疑問を口にした。

「あとね、ぼくはもうひとつ、気になっていることがあるんだ。福岡の人は外科的手口で上手に眼球を盗まれたって聞いたけど、美思ちゃんは片方しか盗られていないし、瞼《まぶた》を切るとき傷がついたはずだと言っていたでしょ。思うんだけど、もしもぼくがサイト主なら、片方だけなら半額で、傷をつけたらさらに割引く。写真の数字が対価だとしたら、美思ちゃんに二十万円が支払われたのはどうしてだろう？」

「うん……そうだね。石上先生が持っていらした死体検案書にも、片方の眼球だけがなくなっていたケースがありましたよね。さらにいうなら、ONEの写真の数字が1・5から1・8に上がった理由もよくわからない」

いつもと変わらぬ穏やかな顔で、保は静かに考えている。やがて、

「潜入してみましょうか」

と、死神女史を見て訊いた。

「複数犯が犯した手口と情報で主犯格に潜入することはできません。でも、宗教色の強いサイトのデザインと、犯行を誘引する手口、ずさんな犯行であってもきちんと報酬を支払っていること……これらを鑑みるに、主犯格は眼球を集めること自体が目的ではないのかもしれません」

「どういうことです？」

ガンさんが身を乗り出した。

保は両手の指を交互に組んで彼の瞳《ひとみ》を覗き込み、頭をわずかに傾けた。

「眼球は『ついで』で、善人を殺害するのが目的なのかも。善い人が不幸に遭えば悲しむ人が増えるから」

「はっ」と女史は口を開け、

「よっぽどひねくれた根性ってわけだね」

と、吐き捨てた。保は続ける。

「サイトのトップページに使われている宗教的な写真も興味深いです。どこの建物かわかるといいけど」

「それならミクに調べてもらうよ。ただ、画像がボヤッとしすぎてわかりにくいね」

「うむ。それはこっちで、三木《みき》と月岡《つきおか》に修正させよう」

「修正済みデータはぼくのPCへ送ってください」

「タモツのところにデータが来たら、ぼくがミクに頼んであげるよ」

「私は清水さんと宅配業者を当たります」

「片岡と倉島にも手伝わせろ。御子柴にはネットの情報を追わせる」

「いいねえ。厚田班は強者《つわもの》揃いだ」

と、言ってから、死神女史は保に訊いた。

「犯人像を摑《つか》めそうかい？」

「善人から眼球を奪う。そこに何かありそうです。闇ではなく光を集めたがっている、もしくは損傷したがっているわけですから」

やってみます。と保が言うと、三人の客は資料を置いて立ち上がり、そそくさと部屋を出て行った。

二人だけになった室内で、永久と保は再度資料の写真に目を通す。眼球を奪われた死体の持ち主たちは、悪意など微塵《みじん》もない表情で生前写真に収まっていた。

「ホントにリアル天使掲示板が関係してると思う？」

永久が訊《たず》ねると、保は写真を見たままで、

「わからない。けど、可能性としてはあるかもしれない」

それから目を上げて永久を見た。

「どんな可能性でも捜査するのが警部補だ。遺体についた繊維の一本すらも、調べて手がかりを探すんだよ。それが刑事の仕事だからね」

「大変なんだね……そのモチベーションはどこから来るの？」

「厚田警部補に訊《き》いてごらん、今度会ったら」

「タモツはどうしてそこまでするの？　償いのため？」

そうだよ、という答えを想像したが、保はしばらく考えてから、永久のほうへ身を乗り出してきた。

「最初はたしかにそうだった。ほかには何もできなかったし、犯人の思考を読むことで次の事件を止められないかと……でも、長く続けているうちに、それだけではなくなったかな」

「どう変わったの？」

するとニコリと白い歯を見せて、困ったように眉尻《まゆじり》を下げた。

「よくわからないんだ」

「なにそれ、変なの」

「うん……たしかに変だね……ここへ収監された当初、ぼくはひとりぼっちだったんだ。ぼくの正体を知る人はいなかったし、もちろん殺人者であることも、本名も隠していたからね。ここで、ぼくは、なんだか透明人間みたいになって、たった一つのことだけを考えていた。酷《ひど》い犯罪を止めなきゃならないと思っていたのに、結果として自分自身が犯罪者になったって──」

「タモツの場合はほかとは違うよ。小島田克人みたいな動機と違う」

「動機はあまり関係ないんだ」

そう言われてしまうと、永久は自分の矜持《きょうじ》も傷ついたように思えた。保は続ける。

「ぼくが何を思ってしたとしても、やったことは殺人だからね」

「でも、いい人を殺したわけじゃない。猟奇犯だけだよ」

「それでも、だ」

一瞬だけ目を伏せてから、保は再び永久を見た。

「誰が死んでも、それを知った人たちは怖がるし、死んだ人たちのことも、その過去もほじくり返して報道されるし、その人たちには家族がいるし、家族は犯罪者じゃないんだから。人は誰でも自分の世界を守って生きる。だけど、どこかにほころびが生じると、そこへ他人がズカズカと土足で入ってくるだろ？　知られたくなかったことを知ろうとして、秘密にしておきたいことをどんどん暴いて、世界をぐしゃぐしゃに壊してしまう。ぼくはそれをやったんだ……」

「そんなこと言うなら、ぼくだって同じだ。あの子たちがどんなに酷い目に遭っていたのか、ぼくはみんなに知らせたかったよ？　親たちの世界をぐしゃぐしゃにしたかった。だって、そうしなかったら誰もわからなかったんだから」

「そうだね」

と、優しい声で保は言った。

「だけどその親たちにも親がいて、兄弟や親戚《しんせき》や知り合いもいて……その人たちも苦しんだはずだよ。事件のせいで」

「……そこまでは考えなかった」

うん。と、保は頷《うなず》いた。

「酷いことをする人の多くは、あまり考えずにそれをする。もしくは考えて、考えて、誰にも知られないように悪いことをする。今回の主犯格は後者だと思う。でも、そういうことを考えるようになったのには、何か理由があるはずなんだ」

「それを探るのがタモツの役目だね。それで？　最初とはどう変わったの？　もう罪滅ぼしは終わったの？」

唇をキュッと嚙《か》み、その両端を押し上げて、保は両手の指を組む。

「罪は一生消えないんだよ。死んだ人は生き返らないし、時間は巻き戻せないから。殺人とはそういう罪だ。ただね、あのときは、自分のやったこととか、結局死なせてしまった犯人だとか、そういうことの衝撃や罪悪感に追い立てられていたんだけれど、きみが」

と、腕を伸ばして永久に触れ、

「ぼくのところへ来てからは、少しずつ救われたんだ」

「どういうこと？　わからない」

「きみはぼくの希望になった。そしてぼくは自分の内面や後悔だけじゃなく、外側に目を向けるようになった。前に進み始めたんだよ。児玉永久からONEに成長しようとがんばる姿がぼくを励まし、ほんの少しだけ自分を許してもいい気がするんだ。やったことは最悪だけど、やろうとしたことは間違っていなかったのかもしれないと」

ぼくを慰めているのかな、と永久は思った。ぼくを自分に置き換えて、ぼくの犯行動機を理解できると言ってるんだろうか。

「それでも罪を消せないのなら、殺人者はどうすればいいの？」

「背負っていく。生きている間も、死んでからも」

「抽象的すぎてわかんないよ」

「いつかここを出ていく日が来たら、ONEはそういう世界で生きていく。そのことをきちんと理解して、誰かではなく自分自身と闘わなくちゃならないってことだよ。誰かがきみの過去を暴いて騒ぎ立てても、きみが好きになった誰かがきみの過去を知って去って行ってしまったときも」

「比奈子お姉ちゃんは去らなかったよ？　タモツと結婚して子供を産んだ」

「結婚はしてないよ」

と、保は言った。

「ぼくはセンターのテロ襲撃事件で死んだことになっている。だからぼくは幽霊だ。幽霊は結婚できないから、比奈子さんは一人で父親のいない子供を育てている」

「ぼくもそうなるってこと？」

「いや、ONEは違うよ。きみの戸籍は生きているから」

「タモツはぼくにセンターを出て行って欲しい？」

保はゆっくり首を振る。そうだとも、違うとも取れる振り方だった。

「それはきみが自分で決めることだよ。ぼくは応援するだけだ」

どこでどんなふうに生きるのか、それを決めるためには、自分がなぜここにいて、どうなっていきたいのかを考えなきゃならない。もう、たぶん人は殺さないと思うけど、殺人衝動を抑えられないなら、ここで献体になるほかはない。

保がデスクに置いていて、応接ブースからは背面しか見えないフォトスタンドを、永久は見やった。いまいましい感じがして一度も見たことがないけれど、そこには保と比奈子と彼らの子供が三人で、笑顔で写っているはずだった。

ガンさんが死神女史経由で修正済みの『リアル天使掲示板』のタイトル画像を送ってきたのは、その日の夜のことだった。タイトルページの背景に使われていた不鮮明な画像は、表示されていない部分を予測して補正するＡＩソフトを用いて鮮明化されているといい、教会内部の天井画を写したものだとわかる程度になっていた。

「クアドラトゥーラと呼ぶらしいよ」

と、女史のメールを見て保が言った。

「遠近法を駆使して平坦《へいたん》な天井を半球状の立体みたいに描き出す技法だ。一点透視図法であるのも眼球への固執と関連がありそうだ。思想に偏りがある人は、無意識に意味のある画像を選びがちだしね」

ぼやけた状態の画像で巨大な目のように見えた部分は、天空に掛かる虹《にじ》だった。周囲に無数の雲が浮き、翼を持つ人々がその上にいる。

「どこの画像か確認してくる。そのデータをミクに送って」

永久は保に頼んで部屋を出た。

画像の元はすぐ見つかった。

ドイツのロマンチック街道にある世界遺産、ヴィースの巡礼教会の天井画だった。教会の謂《いわ》れを調べてみると、涙を流すキリスト像の話が出てきた。

一七三八年。痛ましさゆえに秘されてきた『鞭打《むちう》たれるキリスト』という木造彫刻を農家の主婦がもらい受け、祈りを捧《ささ》げたところ、キリスト像が涙を流した。その噂を聞きつけた人々が農家に押しかけたため小さな礼拝堂を造ったが、その後も巡礼者は増え続け、一七四六年にヴィースの巡礼教会が建造されたとのことだった。

「キリストの涙……眼球マニアが好みそうな話かも」

金子は返事をしないから、独り言のようになる。さっきタモツも言っていたけど、こんな事件を起こす人間は本人にしかわからない美学を持っているはずだ。ぼくもそうだったからよくわかる。自分に酔って、サイトの壁紙一つにも主義主張を反映したくなってしまうんだ。そんなことを考えていると、

「トワ」

と金子が小さく呼んだ。

壁のモニターに、金子は二枚の画像を貼った。一枚はサイトのタイトルページで、もう一枚はネットから拾った元の画像だ。一枚に透明フィルターをかけて重ねると、二枚の画像はぴったり合った。

「ネットから拝借した画像だったんだね」

ところが金子が言いたいことは、そこではないようだった。彼がカーソルで囲んだ場所をよく見ると、そこだけ微妙に画《え》が違う。半裸で虹に腰掛けて、天上の十字架を指す天使の顔だ。

「天使が泣いてる」

と、永久は言った。

泣いているのはオリジナルの天井画ではなく、タイトルページの画像のほうだ。ぼかしフィルターがかけてあるので鮮明には見えないが、金子がその部分を拡大すると両目が穴のように見え、涙と呼ぶには異様な何かが穴から溢《あふ》れ出していた。

「リボンみたいだ。それか、長い髪の毛」

金子は反応しなかった。判断がつかないのだろう。

「これ以上鮮明にできないの？」

無理だというのは、態度でわかった。

「じゃあさ、このデータをぼくに送ってよ。天使のところだけでいいから」

ピン。と小さな音がして、永久はタブレットに画像を受け取った。

「ありがとう。やっぱりさ、このサイトは怪しいよね？」

金子は何も言わなかったが、永久は保に『発見』を伝えてガンさんに送るため、彼の部屋を後にした。

画像の違いについて保に告げると、『潜入』してみると彼は言った。

これらの情報を頭に留《と》め置き、主観を一切排除して、犯人の思考が浮かんでくるのをひたすら待つのだ。

直接的な手口や現場の状況、被害者の様子などから実行犯の思考や行動をトレースするのではなく、陰で犯行を促す首謀者と対峙《たいじ》するのは初めての試みだと言う。

「そういうのも殺人教唆で立件できるの？」

訊《き》くと、保は自信なげに溜息《ためいき》を吐いた。

「証明するのは難しいかもしれないね。直接『殺せ』と言ってるわけではないし、殺意があったかどうかも疑わしい。報酬だって、いかがわしい画像の対価だと言い張られてしまうと、どうなんだろう……ただし実行犯の送ったブツを受け取って、通報もせずに保管していたなら話は変わるね」

「傷害罪には問えるってこと？」

「法律のことはよくわからない。それは検察の仕事だと思う。今ぼくたちにできるのは、犯人がなぜそれをしたのか、どういう人物なのかを探ることだよ。犯人像がわかれば捜査の幅が狭まって、次の犯行を止められるかもしれないし」

「それでいうなら、サイトを使えなくすればいい」

「たしかにね」

と、保は頷《うなず》き、けれど永久を見つめて言った。

「警視庁にはネット犯罪専門の班があるんだよ。当然ながら警察のほうでも作戦を練っているとは思う。だから、今はぼくらが勝手にサイトに手を出しちゃダメだ。一番は、金子くんの存在に目を付けられては困る。もしも彼の能力が外部に漏れたら、またセンターがテロの標的になって、金子くんを奪われるかもしれないんだからね」

「そうか……そうだね……それはマズいね」

「うん。ここでなんでもできると思わせてはいけない。やり過ぎはよくないんだ」

「わかった」

と、永久は言い、

「潜入するのを見ていてもいい？」

と、保に訊いた。

「今回は時間が掛かる。どこであっちの思考にアクセスできるか、ぼくにも想像がつかないからね。だから、そばにいてもいいけど、自分の時間を無駄にしないで」

「それもわかった。タモツのそばで仕事をするよ。それで、もしも潜入中に死神博士から連絡があったら、ぼくが代わりに対応する。それでいい？」

「頼むよ」

時刻は午後八時過ぎ。厚田らが置いていった資料とヴィースの巡礼教会の天井画などを、保は放射状に床に並べた。『プロビデンスの目』も『ホルスの目』もプリントアウトしてそこに置く。それらの中心に陣取ると、壁に背中をつけて胡座《あぐら》をかいた。丸眼鏡を外して床に置き、腕組みをすると、そのままなにも喋《しゃべ》らなくなった。

永久は保と向かい合うかたちで応接ソファに陣取ると、タブレット端末をテーブルに置き、自分のパソコンで晩期死体現象のデータをまとめ始めた。

マウスをクリックする音や、キーを打つ些細《ささい》な音が邪魔になるだろうかと保を見たが、彼は瞑想《めいそう》する僧侶《そうりょ》のように半眼になって床を見ていた。そこに散らばるのは善良な顔の被害者たちと、突然彼らに降りかかってきた悲惨すぎる運命だ。

午後十時二分。死神女史からの電話が静寂を破った。永久は素早く席を立ち、受話器を上げて保を見たが、彼は能面のような顔をして、まったく反応しなかった。潜入が始まっている。いつからその状態だったのか、永久にはまったくわからなかった。急いで隣の部屋へ行き、ドアを閉めてから応答する。

「タモツのカウンセリングルームです」

おや？　と死神女史が言う。

「永久少年かい？　プロファイラーは？」

「主犯格に潜入してる。ぼくが電話番だよ」

「それはそれは」

女史が鼻で笑うので永久は少しムッとしたが、相手は意に介さずに、

「小島田克人が荷物を送った業者がわかった」

と、いきなり言った。

「近所ではなく、川を渡って稲城《いなぎ》市から送っていたよ」

「冷蔵？　冷凍？」

「普通便だよ。こうなると、眼球の鮮度は問題にされていないのかもしれないね」

女史が言葉を切ると、タバコの煙を吐く音がした。

「しかも小さな部位を送るのに、90サイズの大きな箱を選んでいたよ。カムフラージュのつもりか、送り状の品目は『サンプル』になっていた」

「送り先もわかったんだね？」

「大学だ。神奈川にある私立大学の教授宛《あて》だった」

「その教授が犯人ってこと？」

「ところが大学にそういう名前の教授はいない」

「どういうこと？」

「それで電話したってわけなんだけどね」

永久は保がいる部屋を振り向いた。あのまま壁際で瞑想していると思ったら、いつ

の間にか部屋を出て、永久の近くに立っていた。

「石上先生から？」

と訊く。

「そう。眼球の配送先がわかったって。神奈川の私立大学の教授宛だけど、そんな人はいないって。あと、眼球は冷凍も冷蔵もされていなかったって」

保が差し出す手に永久は受話器を置いた。

「石上先生、中島です。お電話代わりました」

離れようとする永久を引き留めて、

「永久くんにも会話を共有していいですか？」

と、電話に訊いた。スピーカーボタンを押して、永久を見ながら会話する。

「学部はあるけど教授の名前はでたらめで、過去にも同名の教授がいたことはない」

死神女史の声がした。

「誰が聞き込みに行ったんでしょうか」

「新米刑事が清水刑事と一緒にね」

「さすがは厚田警部補ですね――」

保は白い歯を見せた。

厚田班の刑事は精鋭ばかりだと死神女史は言うけれど、バリバリに鋭いやり手ばかりが揃っているという意味じゃない。清水刑事は中年のさえない男で、数回会ったとしても印象に残ることがない。存在感の薄さは日中《ひなか》の幽霊みたいだが、実際にお寺の息子で、お坊さんの資格を持っている。

「――清水刑事なら誰も警戒しないでしょうから」

「ま、ああ見えて警部補はやり手だし、目端が利くから」

「ぼくのほうもご報告が……ONEと金子くんがリアル天使掲示板サイトのタイトルページに貼られた画像の元データを突き止めました」

「ちょっと待って。録音するから」

と、女史が言い、

「厚田班にあんたの奥さんがいた頃は、録音しなくてよかったんだけどさ……オッケー、どうぞ……彼女は元気でやってるかい？」

「おかげさまで」

保は優しい目をして答え、カウンセリングルームへゆっくりもどった。一緒にデスクのそばを通るとき、保の家族写真が見えた。家族写真だと思っていたのに、そこには比奈子も保もいなくて、子供だけが写してあった。薄い水色のおくるみに包まれた赤ちゃんのころ、顔をクリームだらけにした誕生日、二枚の写真が一枚のホルダーに収めてある。生まれた直後はタモツ似で、誕生日のころの笑顔は比奈子に似ていた。

「サイトのトップページの背景ですが、ドイツの世界遺産、ヴィースの巡礼教会の天井画でした。同教会には涙を流すキリスト像が安置されています」

「涙は目から出るものねえ……関係あると思うのかい？」

「はい……それよりも興味深かったのは、二人が見つけた画像の差です。サイトの天井画は一部が加工されていました。警部補に伝えてください。画面中央よりやや右下、巨大な目のように見える虹《にじ》と、それに腰掛ける天使ですが、その顔が差し替えられているんです」

「なにと？」

女史が怪訝《けげん》そうな声を出す。

「おそらく犯人の顔ではないかと」

「えっ？」

と言ったのは永久だった。保が振り返って頷いた。

「どうして自分の顔を出したの？　ぼくらには見つけられないと思ってなめてるの」

「そうじゃなく、承認欲求だと思う。こういう事件を起こす犯人は、抗《あらが》いがたい承認欲求を持っているんだよ。自分を誇示したいんだ。それに、おそらくだけど掲示板はもうないかもしれない。サイトを閉じて、また別に作るとか」

「警察の動きを察知したってことかい？」

「同一サイトを長く運営する気は、最初からなかったのでしょう。闇サイトはいくらでもありますし、少なくとも何人かの眼球は手に入れたはずなので」

永久は自分のパソコンを立ち上げて『リアル天使掲示板』を探したが、見つからなくなっていた。

「ホントだ。消えてる」

「たぶん本庁のほうで追跡していると思うから、大丈夫だよ」

と、保は言った。

「で？　本人の顔があるってのは本当かい？」

「送ってもらった修正データをチェックして、天使の顔を見て欲しいと伝えてください。ただし、その顔にも加工がされて、両方の眼球が無くなっています」

「あと、リボンみたいなのが出てるよね」

永久が言うと、保は死神女史に向かって、

「手持ちの情報のみで主犯格に潜入してみたんです」

と言った。

「目からリボン？　それはまた面妖《めんよう》な」

「それですが、石上先生はご存じないですか？　眼球の特殊な病気で、たとえばですが、目からなにか出るとか、生えるとか。リボンのように異質なものが」

すぐに答えはなかったが、しばらくしてから女史が言う。

「翼状片というのはあるねえ。長時間直射日光に晒《さら》されて仕事をしている人とか……結膜から角膜にかけて翼のような細胞が浸食してくるんだけど」

「そうではなく、眼球から外に突出してくる場合です」

「リボンというか……体毛ならば……」

と、女史は言い、ガタガタと音をさせてから、

「デルモイド、類比嚢胞《のうほう》が母親の胎内で角膜に形成されることにより、眼球から毛が生えたり、まあ、歯でも軟骨でも汗腺《かんせん》でもいいんだけどさ、組織が体毛を生成するものだと眼球から毛が生える……そういうことがあり得るとは聞いている。角膜輪部皮様嚢腫《のうしゅ》と呼んだりするようだけど」

眉《まゆ》をひそめて永久が訊《き》く。

「……それって治るの？」

「デルモイドは組織を完全に切除すれば治るけど、内容物ではなく表皮に生成能力があるから、少しでも残すと再発するんだよ。一度で切除しきれなければ癒着によってどんどん切除が難しくなっていく。眼球に、というのは希《まれ》な例で、脳内とかね……胎児のころに形成される先天的な病だよ」

「眼球にそれがある場合、治療は？」

と、保が訊いた。

「眼科医じゃないから詳しいことはわからないけど、手術で切除は可能と思う。角膜にあるか結膜にあるかでも違うんだろうけど」

「眼窩《がんか》からリボンが出ている画像に、サイト主の叫びがあると思えるんです」

受話器を別の耳に持ち替えて、保はチラリと床を見た。資料のなかで異彩を放つプロビデンスの目を見たようだった。

「先ほど石上先生が仰《おっしゃ》っていたように、冷蔵も冷凍もしていなかったなら、主犯格は眼球そのものを集めたいわけではないのだと思います。手元に置いてあるとしても、コレクション的価値でしていることではないから傷んでいても気にしない。もしかしたら、眼球そのものを傷めることが快感なのかも……目的は、光の目を持つ善人が美しい眼球を失うことでしょう」

「死ぬってことかい？」

「そうじゃなく、やはり『目』が大切なんです。それを奪い去ることが」

「目は象徴なんだね」

永久が言うと、また頷《うなず》いた。

「主犯格は心にトラウマを抱えていて、それを誰にも話せずにいる。幼いころに目、もしくは目つきをからかわれたり、怖がられたり、卑しめられたのかもしれません。

だから自分に自信がなくて、目を隠していると思います。目が剝《む》き出しになるコンタクトではなく、濃い色のメガネかなにかで……あと、大学教授ではなくて、大学のスタッフではないかと思います。事務方の、荷物を最初に受け取る部署にいる。臆病《おくびょう》で用心深く、執念深くて狡猾《こうかつ》です。ネットへのアクセスも大学からしているかもしれない。サイトから美思ちゃんの写真を消せなかった六月二十一日から数日間は、なにかの理由でパソコンに触れることができなかったのでしょう。性格からしても、その間は気が気でなかったはずです」

「わかった。警部補に連絡して調べてもらうよ」

「年齢は四十代より上ですよ。離婚、転職、家族の死、犯行の引き金になった不幸が数ヶ月前に起きている。彼女はそれを眼球のせいだと考えているんです」

「彼女だって？　主犯格は女かい？」

「八割以上の確率で、そう思います」

と、保が言った。

「目立たず物静かでオドオドしている。役に立たないが害もない、そんなタイプに見えるはずです。学歴はないが頭はいい。勉強熱心で努力家。友だちはなく、一人暮らしで、集めた眼球と被害者たちの写真が家族です」

「わかった。また連絡するよ」

女史がそう言って電話を切ると、

「ふう」

と、保はこめかみに指を当てて溜息《ためいき》を吐き、永久を振り向いてニッコリ笑った。

「金子くんに話して、チェックしてもらって」

「なにを？」

と訊くと保は言った。

「天使のサイトは消えたけど、きみの写真がまたアップされるはずと思うんだ。別のサイトで、金額をつり上げて」

「どうして？」

永久は眉間《みけん》に縦皺《たてじわ》を刻んだ。

「数字が1・5から1・8に上がっていたから。ほかの数字もチェックしたけど、1を超える人はいなかった」

「ぼくの目玉が欲しいってこと？」

「たぶんね。きみが気に入ったんだ」

「写真を撮られたときはコンタクトレンズだったし、ぼくはほとんど外に出ないよ」

「相手はそれを知らないだろう？　それに本人が探さなくてもいいわけだから。たまたま誰かがきみを見かけて、その人物がサイトのことを知っていて、お金になると思ったらきみを襲う。それでいい。襲わなくてもかまわない。犯行が実行されるまで、彼女はドキドキとワクワクを味わえるんだ」

「そんな言い方されると吐き気がするな——」

不本意と不愉快の極致のような顔を、永久はした。

「——それで百八十万円もらうんだ。ぼくの価値は百八十万？　それって大金？」

「人はお金に換えられないよ。そもそも命はたったひとつだ」

「主犯の人は実行犯にお金をばらまいて、死人の目玉を集めてさ、自分が神になったつもりになるのか……そういうこと？」

「そうだね。そんなことを許しちゃいけない」

「ミクに話してブロックしてもいいってこと？」

「そうだ。すでに今ある手札で警部補は犯人を追えるはずだからね」

「わかった。じゃあ、二度とサイトを立ち上げられないようにしてやろうかな。それとも写真の数字を消せばいいかな。マイナスつけてやるのはどう？　報酬じゃなく懲罰として」

「やり過ぎはよくないよ」

「わかった」

踵《きびす》を返してすぐに、永久は保を振り向いた。

「でも、ミクはそろそろ寝る時間だ……」

モジモジと小刻みに身体を震わせ、拳《こぶし》を握って永久は言う。

「残念だけど明日にする。通常のルーティーンが乱れると、ミクは不安定になってしまうから」

保は深く頷いて、「砂糖湯飲もうか？」と、永久に訊《たず》ねた。

一方、死神女史はすぐさまガンさんに電話した。吉田美思ちゃん殺害事件の捜査本部は被疑者死亡ですでに解散、厚田班が正式に追いかけている殺人事件はない。この夜の当番は倉島で、ガンさんは自宅で電話を受けた。

「教授ではなく職員ですか？」

「パートかもしれないけどね。プロファイラーが言うように四十歳以上なら、パートか、もしくは更新を繰り返している古株の職員か……荷物の送り先が研究室宛《あて》でなく、学部宛というところがミソだよ。おそらく、その棟に受付があるんだと思う」

六畳間に敷いた布団に身を起こし、厚田は読みかけの小説を枕元によけた。布団の上に胡座《あぐら》をかいて捜査手帳を引き寄せる。そこには堀北と清水が聞き込んできた大学の情報がメモしてあった。所在地は横浜《よこはま》だ。清水が聞き込んできたところによれば、宛名の教授がいなくても、荷物は受付が預かって各研究室に連絡が行くとのことだった。受取状に押された印影は総務部のもので、サインはナシだ。

「荷物の受取窓口にいる人物ってことですか」

「必ずそうとも限らない。うちの場合は、院生が部屋へ来るとき荷物があれば届けてくれるし」

「でも四十過ぎの院生はいないわけですからね。そうなると職員か」

「仕事熱心なように見えて、実は常に荷物に気を配っているんだよ。あとさ、プロファイラーは、濃い色のメガネをしているんじゃないかと言ってたよ。自分の目つきや眼球にコンプレックスを持っているのかもしれないと」

「なるほど……わかりやすいですね」

「あまり表立たないようにやっておくれよ？　くれぐれも、目が悪いから悪いことをしたなんて勘違いをされないように」

「わかってますとも。仰るとおりで」

「もうひとつ。一連の事件が起き始めたころに引き金となるストレス要因があったはずだとプロファイラーがね。離婚、転職、家族の死……なんかそういうのがさ」

「調べてみましょう」

頼んだよ。と言って女史が電話を切ったあと、ガンさんは顎《あご》の先を捻《ひね》りながら、

「コンプレックスで目玉を集める」

と、重々しくつぶやいた。

「ったく……人間ってやつは……」

捜査手帳を閉じて立ち上がり、八王子西署へ行くためにシャツを着替えてズボンを穿《は》くと、部屋の明かりを消して出て行った。


目に異物が混入し、強くこすったら白目に傷が付いてしまった。痛くて目ヤニが出たけれど、年の離れた兄姉たちは自分のことに忙しく、親はいつだってピリピリしていて、話しかけると邪険にされた。ようやく祖母が眼科に連れて行ってくれたけど、やる気のなさそうな医者は目薬だけ処方して、心配ないと祖母に伝えた。

眼球の傷は残ったままで、白目に茶色い斑点《はんてん》がある。

パソコン上に宗教的な写真を複数枚呼び出すと、血の涙を流すマリア像を選んでキャプチャーに撮った。それを画像ソフトに読み込むと、半透明にした自撮り写真と重ね合わせた。角度が合わないので何度も試し、二つがきれいに重なると、顔だけを切り抜いてマリア像の顔と入れ替えた。流れる涙はそのまま残して眼球部分を塗りつぶす。こんなものがあるから人は人の真意を知った気になる。サングラスで両目を隠せば、人は人をイメージでしか見ない。それが正しいし、それでいい。

ネット上に表示可能な比率にトリミングしてから、ぼかし処理を加えて彩度を落とした。極彩色よりも抑えた色調の画像が好きだ。それは、ほかの人々が楽しんでいる色彩や輪郭や奥行きを、自分は楽しめていないのかもしれないというコンプレックスからきている。誰かの眼球が見ているものを、自分の眼球が見ているものと比べることはできない。自分が青と思うものが他者には赤に映っても検証できないのと同じこと。人は持って生まれた能力でしか自分の世界を見られない。同様に人は目つきや顔つきで、蔑《さげす》まれたり、嫌われたりするのだ。

大学構内はとても静かで、しんしんと建物の匂いがしていた。学生たちはアルバイトやデートで忙しく、夜七時を過ぎると図書館はほぼ無人になる。研究室に人がいても、あまり図書館には入ってこない。警備員が回ってくるまですべての設備が使い放題。簡易版ソフトも試し放題。セキュリティだけ解除してしまえば、自在にネットとつながれる。

数ヶ月前。不幸のどん底に突き落とされたとき、不思議な鹿の記事を見た。その鹿は、角膜にもっさりと毛が生えて死んでいた。眼球に毛が生える。それは母親の胎内で胎児が形成されるときに起きた異常のせいだが、眼球に生えた毛は美しく、神の設計を揶揄《やゆ》する背徳の美を持っていた。

幼いとき、私の目にも毛が生えていたらよかった。そうすれば家族は私を罵《ののし》ることなく、むしろ恐れたかもしれないのに。可能ならそういう眼球を持って生まれて、血の涙、もしくは艶々《つやつや》として長い髪、それともリボンを流したかった。

『天使のカタログ』

完成した画像を下敷きにしてタイトル文字を打ち込んだ。華奢《きゃしゃ》で流麗な書体にしたのは、自分がそういう人でありたかったからだ。でも違う。実際にはまったく違う。

――よい行いをする天使のような人たちを賞賛します――

いつもと同じ文言をタイトルの下に組み込んだ。

トップページに使う写真は決まっている。それを思うとゾクゾクした。あんなきれいな子は見たことがない。日本人離れした顔立ちで、ほんのわずかな間だけ少年が持つ神々しいまでの美を備えている。あんな生き物がこの世にあって、しかも善行をするなんて、なんて罪深いことだろう。

そうとも。善行は罪深い。それをするのがビジュアルに恵まれた人間であればなお、ほかの人々にコンプレックスと絶望感を与えるからだ。天使と悪魔は元を正せば同じもの。どちらも神の御使いでありながら、神の主権に楯《たて》突いて天から投げ出された最も美しい天使がサタンだ。だからサタンは美しい。そして光をまとっている。

更新したサイトを見た誰かが、小遣い稼ぎのために少年を手にかける。その様子を想像しながら身震いをした。実際の殺人は、決して耽美《たんび》でもなければ淫靡《いんび》でもない。一時の激情、焦燥感と暴かれる恐怖、あとは体力と精神力が枯れるまで処理する労力を強いられる。けれども、あるいは少年ならば容易《たやす》いのだろうか。そこには耽美も淫靡もあって、瞼《まぶた》に手を掛けるときは恍惚《こうこつ》を感じるだろうか。まあいい。どんな殺し方をされたとしても、少年の美しい目は私のものだ。

眼球が持つ抗《あらが》えない力を、多くの人が知らずにいるのは幸いだ。心の歪《ゆが》んだ者は目が濁り、善良な者の目には光が宿る。悔しいけれど、それは真理だ。光の強さが闇を呼び、わたしのようなモノが生まれる。

なんだその目は、卑しい目つきをしやがって。だからおまえはダメなんだ。目が腐ってるヤツは根性も腐ってる。そんな目玉はえぐり出して捨ててしまえ！

ピクリとしてタイピングを間違った。人生を変えた一言は、錆《さ》びた釘《くぎ》のように心に刺さって、いつまでも血を流し続ける。

瞬きでイヤな記憶を吹き飛ばすと、気を取り直してキーを叩《たた》いた。

管理画面に移行して、表用と裏用にＩＤとパスワードというふたつの鍵《かぎ》を取り付ける。管理人のプロフィールには嘘八百を書き込むが、嘘の内容はいつも同じだ。サイトにアクセスするためのＩＤとパスワードも、表用がFM10とlensで、裏用は６６

に。

6とeinに決まっている。サイトが新しくなっても、賞金稼ぎの連中が迷わないよう

贈り物はいつ届くだろう。すでに準備はできている。そのときを思うと興奮するし、それを楽しみにまだ生きられる。

タイトルページの作成が終わると、メモリチップを差し込んで、古いサイトにあった画像データを流し込む。別に取り分けておいた少年のデータは大きく扱う。

「ふふ……うふふ」

思わず笑みがこぼれたのは、美しく善良な者が殺害されるシーンを想像したからだ。体も心も美しく生まれた者たちは、不幸な死を迎えることで伝説になる。けれどその死体に眼球がなかったら、死はおぞましいものに堕す。彼らに安らかな死はなくて、忌《い》まわしい事件として人々の記憶に刻まれる。

わたしはすべてを奪い取る。眼球が持つ、それが力だ。

データをコピーするためフォルダーを開けて、お気に入りの写真を呼び出した。

少年は雨に濡《ぬ》れ、ホームレスに傘を差し出している。自分が濡れることも厭《いと》わずに、見向きもされない相手に慈悲を施す。黒々として知性的な瞳《ひとみ》、作り物のように整った容姿。神はなぜ愛した者だけにすべてを与える？

わたしがそれを奪えるようにだ。

はやる気持ちで少年の写真をペーストした途端、なぜなのか進捗《しんちょく》インジケーターが現れた。おかしいな、と思っているうちに、今度はエラーコードが表示される。

こんなことは今までなかった。操作を戻ってやり直したが、やはり同じ現象が出た。サイトを閉じて再びつなぎ、画像をアップしようとすると、『あはははっ、はあっ！』と、コンピュータが馬鹿にしたように笑い、突然、画面がフリーズした。

自分を盗み見ている誰かがいるのかと見回した。

パソコンにあざ笑われている自分を見ている者がいるのではないか。暗い図書館には非常灯の明かりしかなくて、パソコンモニターの光が自分の顔を照らしている。その顔は建物の窓にも映り込み、青白い幽霊さながらだ。人影はない。

マウスを動かし、キーを叩いても、画面は消えない。トップページにブロック状のノイズが入り、そのまま固まってしまったのだ。

あはははっ、はあっ！　あはははっ、はあっ！

それなのに、機械は大声で笑い続けている。あはははっ、はあっ！

「なに？」

焦りで頭に血が上る。強制終了を試みても、画面は消えない。あはははっ、はあっ！　あはははっ、はあっ！　静まりかえった室内に、自分がプログラムした笑い声が鳴り響く。消音操作で声は消したが、何をやっても画面が消えない。

立ち上がってパソコンの電源を引き抜こうとしたときだった。

「益田寄子《ますだよりこ》さん」

と、誰かが呼んだ。ギョッとして振り返り、モニターを背中に隠すと、書架の隙間に見知らぬ男たちが立っていた。一人は小柄で頭髪が薄く、着古したスーツ姿だ。一人はすらりと背が高く、モデルのような風貌《ふうぼう》だった。別の一人は強面《こわもて》で、両手を上着のポケットに突っ込んでいた。彼らの後方には若い女が、出口のあたりに立っている。別の出口に目をやると、そこにも小男の影が見えた。

「なんなんですか……あなたたちは……」

訊《き》きながらパソコンテーブルに背中を擦《こす》り付け、後ろ手にコンセントを探す。わからないようジリジリと指を動かしていると、

「はい、ちょっと失礼しますよーっ」

どこからか素《す》っ頓狂《とんきょう》な声がして、大きな目でちんまりとした口の若い男が飛び出して、パソコンの正面の位置を奪われた。

「何をするんですか！」

頂点に達した焦りは怒りに変わった。摑《つか》みかかろうとすると、彼は、

「おやおやあー？」

と、甲高い声で不愉快に笑った。

「落ち着いてください。別になにもしませんから。それよりも、パソコンのプラグを抜こうなんて、随分乱暴な真似をしますねぇ。大切な大学の備品なのにぃーっ」

調子よく喋《しゃべ》りながらキーボードに触れる。

「ちょっと、やめてください」

マウスを奪い、キーボードから手を払いのけたとき、全画面が戻ってサイトのトップページが映し出された。

——天使のカタログ　よい行いをする天使のような人たちを賞賛します——

サイトを作ること自体は罪じゃないのに、焦りまくって目眩《めまい》がしてきた。

「ガンさん、出ました」

小男が甲高い声を上げ、年配の男を振り返る。

「ここにあるパソコンをすべて調べれば、闇サイトで釣り上げた実行犯と個別にメールした記録が拾い出せると思います。ていうか、ぼくがやっちゃっていいですか？　いやあ、本領発揮って気持ちいいですねえ」

「なんなのよ、あなたたちは、いったい！」

真っ赤になって怒鳴ったとき、三人の男たちはパソコンの前まで移動していた。頭の薄い年配の男がモニターを覗《のぞ》き込み、懐からエンブレムの付いた身分証を出してチラリと見せた。

「益田さん、自分は八王子西署の厚田といいます。ちょっとお話を聞かせてください」

モデルのような男とヤクザのような男も両側で身分証を出し、

「倉島です」

「片岡です」

と、それぞれ名乗った。図書館の両端で若い女と小男も、それぞれのエンブレムを見せつける。警視庁の警察手帳だ。

「ども。ちなみにぼくは御子柴です」

無礼で不愉快な若い男は警察手帳も出さず、すでにパソコンの操作を進めていた。


七月下旬。外の世界の子供や学生が夏休みに入っているころ。永久はいつものように金子の部屋で、モニターを通して外の世界を盗み見ていた。ほんの少しだけ知った『現在の外の世界』は、数年前とは随分違ってしまっていた。

都心は大規模工事が進んで人の流れが大きく変わり、流行《はやり》といわれるものも様変わりしているようだった。引きこもりで夏休みも知らない金子のために永久が提案したのは、二人だけの夏休みを楽しむことだった。外の人たちがスマホで撮ってネットに晒《さら》すキラキラして夏らしいものや、美味《おい》しそうなもの、美しいものを鑑賞して、ときには実際に味わってみるのだ。

「なんでも作ってくれるって、コックがぼくに約束したよ。ネットにそういうのがあったらさ、お願いして、ミクの分もここへ運ぶから一緒に食べよう」

金子はその提案が気に入ったらしく、部屋の大型モニターには食べ物の画像が並んでいる。美しかったり奇妙だったり、なんだかわけがわからないものもあるけれど、ここのコックなら画像を見ただけで作れるはずだ。

楽しい時間を過ごしていると、保からの呼び出しがあった。

――少し時間を取れるかい？――

永久は金子をチラリと見て言った。

「タモツだよ。何か用があるみたい」

金子はモニターを一画像に変え、フルーツたっぷりのパフェを映した。それを食べてみたいようだ。

「わかった。ぼくに画像を送って。ロビーのコックにお願いするから」

ピン。と音がするのを待ってから、永久は保に返信した。

――いいよ。戻るね――

――ぼくのオフィスじゃなく、こっちへ来て欲しいんだ――

続いて番号が表示された。センター内にある部屋の番号だ。

「なんだろう……」

と、呟《つぶや》いてから、「わかった」と永久は返事をした。

金子はすでにモニターに、センター内部の監視カメラ映像を呼び出していた。現在のものではなくて一時間ほど前に撮られた静止画像だ。そこには死神女史とガンさんの姿が映っていた。

「あ、なるほど。そういう『用』か……じゃ、ぼく、行ってくる」

一緒に行かずとも、金子はここからそれを観るだろう。

眼球コレクターの主犯格が身柄を拘束されたことは、保から聞いて知っていた。それをきっかけに交通事故の小学生の案件なども調べられたが、こちらは間違いなく交通事故とのことだった。ただし眼球の行方には、とんでもない事実が隠されていた。事故当時、野次馬の中にリアル天使掲示板の閲覧者がいて、その者が眼球を盗んで益田寄子に送り、対価を受け取っていたというのだ。少年は掲示板の写真とは別人であったが、益田は事故の写真に満足して報酬を支払った。報酬のために使われたのは彼女が自分の老後のためにコツコツと続けてきた貯金だったが、全額を使い果たしてもかまわないと思うほど、『神になる遊び』に夢中になっていたようだ。

福岡の青年殺害事件については捜査中。自殺で処理された案件も再捜査が始まって、必ずすべての被害者や被疑者を割り出すつもりだと聞かされていた。

　廊下を戻り、一度ロビーに出てから、別の棟へと永久は向かった。

　センターでは日々新しい分野の研究が進んでいて、保に指示された部屋があるのはバーチャル分野の研究棟だった。すべての臓器を備えた人体モデルが３Ｄプリンターで形成されたり、それらの臓器が現物と同じ柔らかさや粘度を持った新素材で作られていたりと、色々なことをやっている。指定された番号の部屋までくると、永久はドアをノックした。

「どうぞ」

　と、保の声がする。入るとそこはガランとして窓すらもない部屋だ。内部に保と死神女史とガンさんが立っていて、四方の壁と天井に薄型モニターが張り付けてある。保は、手にＶＲ用のヘッドセットを持っていた。

「やあ、坊主」

　ガンさんが笑った。

「今回は大活躍をしてくれたねえ。おかげであたしも溜飲《りゅういん》が下がったよ」

　と、死神女史も言う。

　永久は金子と策を巡らせ、自分の顔写真がアップされた場合は操作をしているパソコンソフトがフリーズするよう仕組んでいた。フリーズを察知すると金子が情報をキャッチして、永久が捜査陣に知らせる仕組みだ。

小島田克人が荷物を送った先の大学では、六月の二十日から月末まで図書館の改修工事が行われていて、パソコンなどの備品を使用することができなかったこともわかった。これらの情報を得たガンさんたちがすでに図書館をマークしていたから、決定的な瞬間を押さえることができたのだ。

「二人がデータを提供してくれたよ。きみが観たいだろうって」

「なんのデータ?」

「サイトの管理人、益田寄子の自宅だよ。ONEも知っていると思うけど、少し前からぼくは鑑識捜査の一環として、犯行現場や遺体発見現場などを3D画像で保存するプロジェクトを進めているんだ。従来は写真で記録していたものを立体画像で保存する。そうすると、誰でもバーチャルで現場に入ることができて、万が一見逃してしまった証拠なんかも新たな視点で確認できるようになるからね」

「現場を保存したまま機械を入れなきゃならんとか、データの取得に時間がかかるとか、まだ課題は多いがな、うちでは三木と月岡が御子柴の助けを借りて試験運用を進めてるんだよ。今回はその技術を使って、益田寄子の自宅からデータを取ってきた。今後の特殊犯罪捜査に役立ちそうだしな」

「ヘッドセットを着ければ現場に入れる。やってみたいかい?」

「やってみたい。ぼく、やってみたいです」

永久が即座に返事をすると、大人たちは満足そうに目配せをした。

「理想はもっと研究を進めて三次元ホログラムを作成し、複数人が同時に現場に入れるようにすることなんだ。でも今はヘッドセットを装着した者しかそれができない。ぼくらは別のモニターでONEが観ている映像を見るよ」

説明しながら、保は永久にヘッドセットを着けた。セットから伸びたツールを永久の手元へ引っ張ってくると、十本の指にそれぞれクリップで固定する。スイッチが入っていない状態で永久に見えるのは、半透明なゴーグル越しの風景だけだ。

「指を動かせば映像に触《さわ》れる。ドアなど表層的なものだけは触った感覚を味わえるけど、すべてを動かしたりすることはまだできない。データの取り込みに膨大な時間が掛かるのと、データが重くなりすぎて処理ができなくなってしまうから」

「当面は雰囲気だけを味わっておくれよね」

死神女史がつぶやいた。

「うん。わかった」

装着準備が整うと、保は永久の手を引いて部屋の片側まで移動した。

「被疑者の部屋の広さを考慮して、ドアの位置まで移動した。通常と同じ動きで室内に入っても壁にぶつかったりしない位置だよ。じゃあ、始めるよ」

ゴーグルに一瞬のノイズが浮いたと思ったら、目の前にマンションのドアが現れた。天上も床も壁もある。振り返れば屋外と直《じか》に接する通路の手すりと、そこから見える景色があった。あまり高級そうな建物ではない。手すり壁にはヒビがあり、塗装が剝《は》げて浮いていた。茶色のドアにはのぞき穴がひとつ。表札は出ていない。永久はドアノブに手を掛けた。握っている感覚は薄かったけど、金属の質感は伝わってきた。ノブを引いてドアを開けると、とても狭い玄関に段ボール片などの梱包《こんぽう》材が積み上がっていた。玄関の先は短い廊下で、左右にそれぞれドアがある。片側がトイレで、反対側はバスルームのようだった。トイレのドアは閉まっていたが、バスルームのドアは開けっぱなしで、床に汚れた髪の毛と、石けんカスがへばりついていた。

「うええ……」

思わず変な声を出し、短い廊下に土足で上がる。左右の壁はクロス張りだが、所々剝がれて下地のボードがむき出しになっていた。凹《くぼ》みがあるから、なにかで叩《たた》いた跡だと思う。正面にまたドアがあり、その奥が部屋だ。正面のドアに十字架が取り付けてあり、磔刑《たっけい》になったイエスの像は両目から血の涙を流していた。もともとそうだったわけではなくて、両目に赤いロウソクを垂らしたものだ。

「ううむ」

と、死神女史が唸《うな》るのが聞こえた。

モニターで同じ映像を観ているからだ。永久は彼女に気遣って、

「開けるよ、いい？」

と、声に出して訊《き》き、そのくせ返事は待たずにドアを引き、そしてその場に固まった。なんとなくだが、ガンさんが女史の手を握ってあげているような気がした。

それは六畳のリビングと、それより狭いベッドルームを一間続きにした部屋だった。ベランダに出るサッシが黒いボードで塞《ふさ》がれて、そこに無数の写真が貼り付けてあった。雑誌や新聞の切り抜き、色あせた生写真、プリントアウトされたサイトの投稿写真。どれも人物を写したものだが、どの写真も目の部分が針で突かれて穴だらけになっていた。その穴にリボンや毛髪を差し込んだものも複数あった。くしゃくしゃに丸めた写真が無数の画鋲《がびょう》でボードの真ん中に留めてあり、それだけが違う扱いであるのが不思議だった。

目を転じれば部屋の中央に卓袱《ちゃぶ》台《だい》型のテーブルがあって、壁際に化粧台代わりのチェストがひとつ、椅子が一脚置かれていた。パソコンもテレビもない部屋にはおびただしい数の人形やぬいぐるみがあったが、すべては無惨に両目が潰《つぶ》されていた。あるものは画鋲を刺され、あるものは何本もの虫ピンで、またあるものは赤いロウソクを両目に垂らされ、火の付いたなにかで焼かれたものもあった。

永久は実行犯が送ってきたはずの眼球を探してリビングを見回した。吐き気がする

ような人形の群れ。狭いキッチンには扉を開けたままの電子レンジがあって、中でビニール人形が溶けていた。近寄って内部を覗《のぞ》くと溶解した人形の腹のあたりにヒトのものとおぼしき眼球がひとつ、白濁した状態で押し込まれていた。レンジの脇には遺体の写真が、萎《しな》びたジャガイモに虫ピンで留められていた。

「うえ」

永久は顔をゆがめて冷蔵庫に目を移す。ドアを開けるとビンやビニール袋に入った眼球が、遺体写真とともに並べられていた。

「すべて科捜研に持ち込んだがな、DNAを検出して被害者のものと照らす作業をするそうだ」

声がしたほうを見ても、警部補ではなく黒いボードだけがある。

「相当イカれてるね。どんな人なの？」

姿の見えないガンさんに永久は訊《たず》ねた。

「益田寄子は四十一歳。大学の非正規職員で、長く総務の雑用係などをやっていた。仕事熱心、勉強熱心で通っていたが、その実は大学のコンピュータや受付窓口を利用しておかしなサイトを運営していた。図書館のパソコンから闇サイトへのアクセス履歴が出てきたそうで、複数のサイトを経由してブツの受け渡しや報酬の支払いをしていたようだ。天使のサイトは有名で、サイトへの問い合わせやメールから益田が適任と思う者を選び、あとは個別に連絡していた。小島田克人もその一人だが、投稿写真が怪しいものばっかりで、益田は早々に小島田の闇を見抜いたようだ。彼女は自分の目つきにコンプレックスがあり、中学生のころから眼帯や色つきのメガネで眼球を隠した。それが元でイジメに遭い、酷《ひど》いトラウマを背負っていた」

テーブル近くに置かれたぬいぐるみの一体は両方の目を刳《く》り貫《ぬ》かれ、人間の眼球を埋め込まれていた。胸に被害者の生前写真がマチ針で留めてある。お婆さんの手を引いて横断歩道を渡る福岡の青年の写真であった。

「病んでいたのは目じゃなくて心だよ、まったく……」

死神女史が吐き捨てた。

「犯罪動機のストレス要因は婚約の破棄だ。丸めて画鋲で留めてある写真を見てみるといい」

ガンさんに言われて黒いボードの中央にあった紙を取った。画鋲を外して広げると、お見合い写真のようだった。福々しい顔をした中年男性で、その一枚だけは両目を潰されていない代わりに、十文字に切り裂かれていた。

「結婚の予定が破談に終わった。男性は詳しい理由を語らなかったそうだが、益田寄子は眼球のせいだと思ったらしいな」

「それも本人の勝手な思い込みだよ。自分が気にしているからそう取ったんだ。お見合いだからね、互いの容姿も状況もわかって付き合っていたはずで、目玉を奪われた人たち同様、相手は善良なタイプだったらしいよ。だから、たとえば彼女を喜ばそうとサプライズなんぞを計画してさ、うっかり裏の顔を知ってしまったんじゃないのかねえ。ある晩、真っ青になって実家に帰ってきたと思ったら、結婚はやめると両親に語ったそうだから」

「結婚相手は知ってたってこと？　彼女がサイトを立ち上げて、目玉を集めていたことを」

「サイトを立ち上げたのは婚約破棄の後だよ」

と、保が言った。

「じゃあ、今回のことを起こす前から歪《ゆが》んでいたんだ。ああ……人形やイエスの像はそれより前の仕業なんだね。言われてみれば雑誌の切り抜きは、けっこうレトロな感じだもんね」

「コンプレックスを恨みに変えてしまったんだろうね。誰かに救って欲しいと願っているうち、ようやくそういう相手が現れて、でも、婚約を破棄されてしまった。それがストレス要因だよ」

保の声のあとからガンさんも言う。

「恐ろしいことに相手の男性は行方不明だ。家族が行方不明者届を出していたが、今回のことで一般行方不明者から特異行方不明者になった。ちなみに益田寄子のアパートの風呂場《ふろば》とキッチンのミキサーから男性のDNAが検出されてる。坊主が見ている画像にはミキサーが写っていないと思うが、シンク下の開き戸の中に隠してあった」

殺されているかもしれないってことか……と、永久は心でつぶやいた。

なるほど、そこから暴走が始まったんだ。

吐き気がしそうな六畳間の隣はベッドが置かれた寝室だ。ベッドにも床にもゴミが散らばり、衣服が脱ぎ散らかされて足の踏み場もないほどだ。人がひとり寝ているように、掛け布団が膨らんでいる。永久は寝室に踏み入ると、布団に手を掛けて剝ぎ取った。寝ていたのは巨大なクマのぬいぐるみだったが、やはり両目が刳り貫かれ、ピンポン球くらいの穴が開いていた。胸に写真が縫い付けてあり、見るなり永久は、

「あっ」と叫んだ。

それはホームレスの老人に傘を渡したときの、永久自身の写真だった。

保がいるはずの場所を振り返っても、おぞましくも眼球を潰された者どもが無言でこちらを見つめるばかりだ。

「どういうこと？　ここにぼくの目玉を入れる気だったの？」

「残念ながらね」

と、女史が答える。

「彼女は次のターゲットに、あんたを選びたかったみたいだ」

「大学の図書館に踏み込んだとき、益田寄子は坊主の写真をトップページに据えようとしていた。御子柴が調べると、新たなサイトの表紙は血の涙を流すマリア像で、ドイツの天井画のときよりも明確にサイトの趣旨を反映していた」

愛くるしい顔に空洞の目。小さい子ほどの大きさがあるクマのぬいぐるみにぼくの眼球をはめ込んで……そうしたら、益田寄子は救われたんだろうか。とてもそうは思えない。犯行動機が人を貶《おとし》めることならば、犯行で乾きが癒えることはなく、もっと、もっとと渇望が広がっていたことだろう。止めなかったら、被害者と実行犯と泣く人が、さらに増えていたってことか。

――犯人さえ救うかもしれない――

タモツが言うのはそういう意味だったのか、と永久は思った。

犯罪を抑止すること、罪を重ねさせずに逮捕して、自分自身と向き合わせること。そうやって闇の根源を知るならば、犯人自身も気持ちの悪い人形や十字架の呪縛から解放されるはずだから。

自分の眼球が入るはずだったクマのぬいぐるみを見下ろしていると、突然すべての映像が消えた。保の手が肩に載り、ヘッドセットを取り外していく。

「大丈夫かい?」

と、保は訊《き》いた。同じことを、何度訊ねられたことだろう。それでも今は『ショックを受けたろうに、大丈夫かい？』と、訊かれたことが永久にもわかった。

「ちっとも大丈夫じゃないよ。どうしてぼくが狙われなきゃならないの？　ぼくは善良でもないし、天使でもない。ぼくの瞳《ひとみ》は光じゃなくて闇なのに」

「そっちかい」

銀縁メガネを持ち上げて、死神女史は薄く笑った。

自分でVRゴーグルを外してみると、そこは何もない空間だ。たった今まで悪意が匂い立つ部屋にいたのに、苦笑する女史と、悲壮な顔つきのガンさんと、丸メガネで白衣の保がそばにいて、全員が心配そうに永久を見ている。

ぼく自身、人を追い詰めたり命を奪ったりしたけれど、自分の命が奪われることについてはあまり危機感を覚えなかった。オリジナルがぼくの身体に自分の脳みそを乗せ換えようとしたときも、死のイメージは遠くかけ離れたものでしかなかった。そもそもぼくは、死を深く考えたことがない。

両手にゴーグルを持ったまま、永久は自分の光る目が、ぬいぐるみのクマに挿入されたシーンを想像してみた。それでも痛みや恐怖は感じなかったけど、ここにいる三人がそれを見たらどんなに怒り悲しむかということだけは想像できた。

微《かす》かに頷《うなず》いて永久は言う。

「ぼくだけじゃなく誰でも、悪意の第三者がサイトに投稿したわけじゃなくても、善意の誰かが賞賛したくて画像を上げても、ターゲットになり得たということなんだね。憎しみや悪意が心にあって、誰かを不幸にしたい人がその画像を悪用したら、直接面識がなくっても、恨まれる理由がなくっても、オモチャのように弄《もてあそ》ばれて殺されていたかもしれないってことだね」

「世界がネットでつながる時代だ。今回のようにカタログサイトを運営する者が出てきたら、どうやって身を守ればいいのか、わからなくなる」

永久の手からゴーグルを取って保が言った。

「まったく厭《いや》な事件が起きるよ……警察官は大変だ」

死神女史がガンさんを見る。ガンさんは自分のほっぺたをガリガリ掻《か》いた。

「そうは言っても、俺たちだって手をこまねいて見ているつもりはないですからね。向こうが変わっていくってんなら、こっちはもっと変わらなきゃならんってことでしょうよ。今回同様、坊主やサヴァンの彼やプロファイラーには、もっと活躍してもらうしかねえなあ」

「もちろんあたしを通しておくれよ？　少なくともこの二人については、あたしが身元保証人になってるわけだから」

「いつかは俺の身元も保証してもらいたいもんですね」

ガンさんの言葉に女史は片方の眉《まゆ》だけ上げて、

「それはそっちの役目だろ。あたしのほうが年上なんだよ？」

と、言って笑った。

「なんの。女性のほうが寿命は長いし、先生は簡単にくたばりそうにないですしね」

「なんだい、そこは俺に任せておけって、そういう殊勝な言葉のひとつも言う気はないの？」

「え、や、そこは怒るところですかい？」

「怒っちゃいないよ」

言い合いをする二人を尻目《しりめ》に保を見ると、肩をすくめて微笑んでいた。

夫婦《めおと》漫才のようなことをしているけれど、初めて今回の事件を持ち込んできたときは二人とも深刻そうな表情だった。幼い子供が殺されるなんて、事件の非道さを考えれば当然だけど、もしも死神女史が眼球のことに気付かなかったら、小島田克人が死んだ時点で事件は全面解決になっていたはずだ。

永久は改めて三人の大人を見やった。

八王子西署へ行っても会えなかったけど、厚田班には優秀な刑事たちが揃っている。特筆すべき能力を持っているということではなしに、被害者を悼み、遺族を思い遣《や》り、犯罪そのものに怒りを覚えて犯人の思考を探り、地道な捜査をものともしない資質を備えた刑事たち。若い堀北刑事が小島田克人の写真を持って宅配業者をしらみつぶしに当たったように、彼らもまた梅干しと甘いものの力を借りて徹夜の捜査を続けたのだろう。

「ねえ、警部補――」

と、永久は訊く。

「――ぼくのときも、そうやって捜査をしたの？　ぼくもそうやってあなたたちに見つけられたの？」

いつか保にした質問と、同じことを訊いてみた。

ガンさんは「あ？」という顔で永久を見て、端的に、

「そうだ」

と、答えた。

「刑事がかっこいいなんてのは、ありゃドラマの話だよ。実際の俺たちは、靴底をすり減らして、地面を這《は》いずり回ってだな、気づかずに犯人が落とした何かを拾い集める……ま、ゴミ拾いか砂金集めみたいなことをしてるのさ。今回みたいなケースでも、犯人が生きて生活している場合は何もかも隠し通すなんてできないからな。腹が減れば飯も食う、飯を食ったら出すものも出す、何とも関わることなく生きていくのは不可能だから、完全犯罪が成り立つなんてなぁ理論上だけのことなんだよ。犯人が生き

ていて、俺たちが生きている限り、刑事は痕跡《こんせき》を探し続ける。それが仕事だ」

「カッコいいね……刑事ってナニモノ？」

「バカモノだよ」

と、女史が言い、

「ま、検死官もプロファイラーも似たようなもんですがねえ」

と、ガンさんは言って笑った。

その瞬間、永久は自分もバカモノになりたいと心から思った。そして来年、またあの公園にバラの花が咲く頃には、美思ちゃんのママの悲しみがほんの少しでいいから和らいでいますようにと願うのだった。

エピローグ

八月のある日、藤堂比奈子が長野から子供を連れて東京へ来るという連絡が、保のところへ舞い込んだ。知らせてきたのは死神女史だったけど、保と彼女は週に二回は電話しているので、永久はそのことをすでに知っていた。

藤堂比奈子はかつて八王子西署に勤務していて、管轄区内の事情に詳しく、捜査や地域活動を通して地元の人々と交流があったから、彼女に会いたい人はとても多くて、保のところへくるより先に厚田班のみんなと会うことになったらしかった。その集まりに誘われたとき、以前ならば無視したところだけれど、永久は重い気持ちを懸命に抑えて、一緒に行くと保に答えた。

刑事は特別な事情がなければ日勤勤務ということで、八月六日土曜日の夜、永久は保と連れ立って、八王子西署からそう遠くない位置にある市民センターへ向かった。そこは比奈子が八王子を離れるときに送別会をした場所で、当時は古い公民館だったのが、改修されて市民センターになったらしい。会場を借りてくれたのは近くで太鼓焼きの店を切り盛りしている女性で、厚田班とは事件がらみで世話になった縁があるという。

日が陰り始めても蟬の鳴き声は衰えず、むしろうるさいくらいの夜だった。大勢の
人と一堂に会する機会など、子供のころに父親が仕切っていた集まりしか経験がない
永久は、自分がどんな顔でそこにいればいいのかわからずに緊張していた。

「どうしてみんな、比奈子お姉ちゃんに会いたがるの？」

苦情代わりに訊くと、保は一番星を探すように住宅地の空を見上げた。

「たぶん別れが急すぎて、物語が終わっていないからだと思うよ」

「なんの物語？」

「八王子西署の藤堂比奈子の物語。彼女はきみのオリジナルだったミシェルを撃って、殺人者の自分が刑事でいることに迷い、悩んで、答えが見つからないままステージを代えた。でも、みんなは彼女のそんな気持ちが理解できなくて、ずっと彼女のことを心配しているんだよ」

歩きながら永久は眉をひそめた。

「いい大人なのに心配されるの？」

すると保は「ははは」と笑って、

「彼女はそういう人だから」と言った。

「他人をたくさん心配しすぎて、他人からも心配してもらえるようになったんだ」

「それはいいこと？　悪いこと？」

「どっちでもあり、どっちでもなしだよ」

保との会話はこのごろ禅問答のようになることがある。自分が子供だからわからないのか、それとも誤魔化されているだけなのか、保は誤魔化したりしない性格だから、やっぱり自分が理解できないだけなのだろう。長く生きて、色々な経験をして、様々な人と会って、関わって、そうすればわかる日がくるのだろうか。

市民センターの駐輪場には何台もの自転車が止まっていた。死神女史と厚田班のみんながいるだけだと思っていたのに、明かりの漏れる窓からは大勢の笑い声が聞こえてくる。ホールに入り、利用者用の記載パッドに入館時間と名字を書き込むと、廊下の奥で誰かが呼んだ。

「刑事の姉ちゃん、旦那《だんな》が来たぞ！」

それは小太りの少年で、年齢は永久と同じくらいに見えた。振り向くが早いか室内に消え、代わりにハイヒールの音を響かせながら、ブラウスにタイトスカートの死神女史が現れた。カツカツとそばに来て、

「思ったより賑《にぎ》やかになってさ」

保に向かって首をすくめた。さっきの少年がまた顔を出し、

「誰だ？　一緒にいるのは」

と、永久のことを室内に訊《き》く。

「バカ、ケイタ、失礼だろ」

別の少年の声がして、腕を摑《つか》んで引き戻された。

「子供もいるの？」

訊くと死神女史は笑った。

「子供っていうけど、あんたよりひとつふたつ若いだけだよ。小学生のころに『少年探偵団』を名乗っていてさ、太鼓焼きの店を本拠地にして」

「少年探偵団？　正真正銘の子供じゃないか」

永久は鼻の頭に皺《しわ》を寄せた。

「そうかい？　正真正銘の子供ってのは、あんがい図太くて鋭くて、バカにできないもんだけどねえ……おいで、みんなに紹介するから」

背中に手を置いて連れて行かれるとき、太ったケイタと女の子が二人、あとは眉《まゆ》の凜々《りり》しい利口そうな少年が部屋の入口で待っていた。近づいていくと部屋に引っ込み、一瞬の静寂の後、パチパチと拍手の音がした。

学校の教室を二つ合わせたくらいの部屋にテーブルと椅子が並べてあって、大皿に

盛られたオードブルや、太鼓焼きや、漬物やピザや巻き寿司などが載せられていた。永久の知らない顔ぶれが何人も混じっていた。厚田班の人たちのことは、もう知っている。益田寄子が任意同行されたとき、ガッチリとした体格の刑事には、金子の部屋から防犯カメラ映像を見ていたからだ。ほかに長身でガッチリとした体格の刑事には、テロ事件のときに助けてもらったことがある。たしか本庁の赤バッジ、東海林《しょうじ》とかいう名前だったと思う。

「よう。久しぶりだな、元気だったか？　すっかりデカくなりやがって」

短髪をツンツンに逆立てて、東海林は永久に片手を挙げた。

「そっちこそ変わらずデカいね」

彼の後ろにはバルーンみたいなワンピースを着た四角くて巨大な女性がいて、隣にいるおかっぱ頭でうろんな目つきの男性が、ぷくぷくに太った幼児を抱いていた。リボンとレースをふんだんに使った薄いピンクの服を着ているから、女の子なんだろう。

「お久しぶりです。東海林さん」

「ども。その節は」

保と東海林は握手を交わした。ガッチリと両手で保の手を摑み、東海林は、

「ちな、プロファイラーに紹介しておきますが、これが八王子西署の凄腕《すごうで》鑑識官三木

と、あとはその嫁さんの……」

「西園寺麗華《さいおんじれいか》です」

東海林がみなまで言わぬうちに、バルーンの人はとても丁寧なお辞儀をした。おかっぱ頭で胡乱《うろん》な目つきの捜査官は、娘の手を持ってゆらゆらと左右に動かしている。

「こちらは娘の柚葉《ゆずは》ですなあ。以後お見知りおきを」

ところが娘のほうは永久や保よりほかに興味があるようで、伸び上がってイヤイヤをして床に下り、

「お菓子とジューチュと○×△……！」

可愛らしい声で何事かつぶやきながら、すぐさまどこかへ走って逃げた。バルーンの人が追いかけていき、三木も一緒にその場を離れた。

「あー、あー、三木さんってばメロメロじゃねーかよ」

東海林は笑い、室内にいる人たちを順繰りに指した。

「あっちが太鼓焼き屋の佐和《さわ》ちゃんで、向こうにいるガキのうち、一等生意気そうな顔してんのが息子のハルト」

それから永久の目をのぞき込み、

「中坊だから、永久少年の少し後輩だな」

と、教えてくれた。

「初めまして」

と割り込んできた女性が、保に頭を下げて自己紹介する。

「八王子西署の鑑識官、月岡真紀《まき》です。プロファイラーのお噂はかねがね」

「ああ、これはどうも……」

保が恐縮するなか、永久は比奈子の姿を探した。

バルーンの人が子供を追いかけるのを眺めていると、奥の方からガンさんたちが紙コップや紙皿を載せたトレーを運んできた。その足元に紙コップを持った幼児がいて、すぐ後ろからペットボトルを抱えた比奈子がついてくる。小柄で色白、頬がピンクなのは相変わらずだが、刑事だったときより落ち着いて優しげな表情になっている。彼女のそばには堀北がいて、走るように歩く子供の両脇を守っている。

比奈子を見たのは何年ぶりか。記憶に残る彼女の姿は、殺人に怯《おび》えて拳銃《けんじゅう》に絡みついた指さえ外せず、泥だらけで泣き叫ぶ悲惨なものだった。

「比奈子お姉ちゃん！」

永久は大勢の前で大声を出した自分に驚いた。誰かが自分の声で叫んだのではないかと思ったほどだ。比奈子はハッと顔を上げ、視力の悪い人のように目をしばたたいた。保も永久のそばにいる。気を利かせた堀北が比奈子のボトルを受け取ると、彼女は子供を抱きあげて、永久たちのそばまで駆けてきた。

「永久くん。ああ、永久くん……立派になって」

そう言ってから子供を見つめ、

「息子の一栞《いちし》よ。今年三歳になるの」

と、言った。

東海林と真紀は少し離れて、比奈子や永久を見守っている。保が近づき、ひざまずいて腕を伸ばして子供を抱いた。人見知りをしない質《たち》なのか、子供は両手に持った紙コップを耳に当てたり口に当てたりして遊んでいる。保のデスクの写真より随分子供らしくなっていて、赤ん坊のときはボヤボヤしていた顔つきがはっきりしてきて可愛らしかった。黒目が澄んで、白目はきれいすぎて青く見え、顔も紙コップを持つ手も柔らかそうで、生命力に溢《あふ》れている。三億分の一は本物の奇跡だと、こういう子供を見たなら信じたくなる。

「イチシって、いい名前だね」

褒め言葉の代わりにそう言うと、

「数字の一に栞と書くんだ。栞は木で作られた目印だから、一途に真っ直ぐ進んでいけるようにと付けた名前だよ」

保が説明してくれた。永久という名前にも、なにかの意味があったのだろうか。

比奈子は永久の正面に立ち、何度か唇を嚙《か》みながら微笑んでいる。

「ガンさんや死神女史から聞いたわ。永久くんが捜査を助けてくれたって」

「そんなことない。ミクだっていたし」

そのガンさんは死神女史と一緒に飲み物のカップを配っている。

「永久くん……頬に触っても？」

比奈子が遠慮がちに手を出してきたので「いいよ」と言った。

その手が頬に触れたとき、永久は彼女の瞳《ひとみ》が潤むのを見て胸のあたりに違和感を覚えた。保と比奈子と子供の一栞、家族の輪からはじき出されてしまったと拗《す》ねていた気持ちが、どこかへ消えたような気がした。

「トーワ……」

と、子供が突然囁《ささや》く。紙コップを口に当て、糸電話で話すようにモゴモゴ喋《しゃべ》り、パッとコップを離して永久を見上げると、

「トーワ」

もう一度言って、キャッキャと笑った。

「お？　スゲーな、少年の名前を覚えたか」

離れた場所から東海林が言った。一栞は保の口に紙コップを押し当てて、

「ターモー……ちゅっ」

わざと変な声を出して、また笑った。

「おかあでしょ、トーワでしょ、たー、もー、ちゅっ」

目で追いながら紙コップを振り上げる。

「うそ。なんで？　一度も会ったことないのに、どうしてぼくの名前を知ってるの？」

床に下ろされた一栞が走ってどこかへ行かないように、比奈子はしゃがんで息子を抱え、その姿勢から永久を見上げた。

「教えたからよ。寝る前にはいつも、永久くんと野比《のび》先生の写真に『おやすみなさい』を言ってるの。本当はもっと喋れるんだけど、人が多いから、わざと赤ちゃん返りをしてみせてるのよ」

人が多いと赤ちゃん返りをするという意味はわからなかったけど、その表情や仕草は可愛らしいと、素直に思った。比奈子が保を野比先生と呼ぶのも久々に聞いた。ドジで泣き虫で優しい彼をそう呼ぶ人の存在が、今はなんだか微笑ましかった。

「オカアサン。トーワと、ターモーチュッ」

この、幼さ故に何もできなくて、大人たちが世話をしなけりゃ生きていけない生命は、名前を覚えて言うだけで、ぼくに『可愛い』と思わせる。永久にはそれが不思議でならない。そして今度こそ本当に、美思ちゃんのママの悲しみを想った。

「永久くん。今日は四人で写真を撮ろうね。私……ここへ永久くんが来てくれて嬉《うれ》しいな。これで、ようやく、やっと家族写真を飾れるわ」

子供がどこかへ行かないように、かといって強く行動を制御しないように、一栞の身体に手を掛けて比奈子が言った。一栞は東海林のほうを向き、彼の百面相に笑っている。家族写真をやっと飾れる？　永久は比奈子の言葉を考えていた。

もしかして、だからタモツのデスクには子供の写真しかなかったんだろうか。ぼくが阻害されたと思わないように。そんなこと、少しも考えたことがなかった。飾られているのは三人で撮った写真だと、ずっと思って無視してきたのに。

一栞は声を上げて笑っているが、東海林が抱こうとすると永久のところへ逃げて来た。転ばないよう手を出したとき、小さな身体の柔らかさと温かさに胸を衝《つ》かれた。

そうか……心はずっと、ぼくの中にもあったんだ。ぼくが意識を閉ざしていたからわからなかっただけなんだ。ぼくの心は暗く冷たく凝り固まったまま、解放されるときを待っていたのか。

──私の何分の一かは彼でできているんです。だから私は先輩を背負って生きていく。それは力で、希望でもあり……上手《うま》く言えないけど、永久さんだって、経験を無駄にしないよう生きていけると思うんです──

堀北刑事のいつかの言葉がよみがえる。何分の一かは彼でできているって、こういうことか。ぼくがぼくなのは間違いないけど、出会った人たちがぼくを作った。だから、たぶん、ぼくだって、誰かの一部になれるんだろう。そのときぼくは初めて選べる。その人のよい一部になりたいか、悪い一部になるのかを。

永久は子供の前にしゃがみ込み、一栞が差し出す紙コップを受け取ると、底の部分を唇に当て、口の部分を子供の耳に押し当てた。そして小さく囁いた。

「ぼくは永久。名前を覚えてくれてありがとう」

一栞くん、と続けて言うと、彼はとてもニッコリとして、

「コダマ、トーワ、おにいちゃん」

と、ハッキリ言った。

「さあ。みんな集まったようだから」

パンパンと死神女史が手を叩《たた》く。それぞれがテーブルの近くに集まると、佐和と堀北と真紀が紙コップに飲み物を配り始め、ガンさんが挨拶《あいさつ》をした。

「藤堂が八王子西署を去って寂しくなったと思っていたが、今年は新人の堀北刑事がメンバーに加わり、それから」

腕を伸ばして永久を招いた。保に促されてガンさんのそばまで進むと、彼は永久の背中に手を置いて、

「紹介しておく。この少年は児玉永久」

それからコソリと耳元で「ONEのほうがいいか?」と訊《き》いた。

「ううん。児玉永久で大丈夫」

永久は一栞を見て言った。ガンさんが続ける。

「この少年は児玉永久。八王子西界隈《かいわい》が誇る少年探偵団の諸君より少しばかり年上なだけだが、晩期死体現象と法医昆虫学の研究者だ」

「スゲえ、かっけー」

と、ケイタが言った。ハルト少年の真っ直ぐな眼差《まなざ》しが尊敬の色をたたえて永久に注がれ、永久はコッソリ背筋を伸ばした。

「今後も俺たち同様によろしく頼む」

真っ先に東海林が、次いで三木捜査官とバルーンの奥さんが、厚田班のみんなが拍手をすると、ガンさんは比奈子のほうを向き、

「おかえり藤堂」

と紙コップを掲げた。

乾杯！

少年探偵団の子供らが、話したそうに永久を見る。

一口ジュースを飲んでから、永久は一栞を抱かせてもらった。どうしても、そうするべきだと思ったからだ。同年代の彼らと話すのはその後だ。

一栞はかつて自分が殺してしまった子らと同じくらいで、抱き上げると、柔らかいけれどもズシリと重く、生きている子供の匂いがした。永久は偏光グラスのメガネを

少し持ち上げ、一栞にだけ瞳を見せた。光も闇も見てきた瞳だ。
保によく似た顔の子供は異様な瞳をのぞき込み、それから上機嫌な声で笑った。

Thank you, so long.

参考文献

『死体は語る』上野正彦　文春文庫　2001年

『警視庁科学捜査最前線』今井良　新潮新書　2014年

「網膜の記憶～犯罪捜査方法『法医学オプトグラフィー』と、そこから派生した物語の数々」
浅尾典彦『目と眼差しのオブセッション』（トーキングヘッズ叢書No.85）
アトリエサード　2021年

『世界怪奇残酷実話　浴槽の花嫁』牧逸馬　河出書房新社　2018年

『クトゥルフ神話TRPG』サンディ・ピーターセン、リン・ウィリスほか／著
中山てい子、坂本雅之／訳　KADOKAWA／エンターブレイン　2004年

Matsuo T. Clinical decision upon resection or observation of ocular surface dermoid lesions with the visual axis unaffected in pediatric patients. Springer Plus, 2015, 4 (1), 534
(D:10.1186/s40064-015-1326-7)
https://springerplus.springeropen.com/articles/10.1186/s40064-015-1326-7

本書は書き下ろしです。
この作品はフィクションであり、実在の人物、
団体、事件等とは一切関係ありません。

アイズ　猟奇《りようき》死体《したい》観察官《かんさつかん》・児玉永久《こだまとわ》
内藤《ないとう》 了《りよう》

角川ホラー文庫　23912

令和５年11月25日　初版発行
令和５年12月30日　再版発行

発行者――山下直久
発　行――株式会社KADOKAWA
〒102-8177　東京都千代田区富士見2-13-3
電話 0570-002-301（ナビダイヤル）
印刷所――株式会社KADOKAWA
製本所――株式会社KADOKAWA
装幀者――田島照久

●お問い合わせ
https://www.kadokawa.co.jp/（「お問い合わせ」へお進みください）
※内容によっては、お答えできない場合があります。
※サポートは日本国内のみとさせていただきます。
※Japanese text only

ISBN978-4-04-113984-4　C0193

◆◇◇

角川文庫発刊に際して

角川源義

第二次世界大戦の敗北は、軍事力の敗北であった以上に、私たちの若い文化力の敗退であった。私たちの文化が戦争に対して如何に無力であり、単なるあだ花に過ぎなかったかを、私たちは身を以て体験し痛感した。西洋近代文化の摂取にとって、明治以後八十年の歳月は決して短かすぎたとは言えない。にもかかわらず、近代文化の伝統を確立し、自由な批判と柔軟な良識に富む文化層として自らを形成することに私たちは失敗して来た。そしてこれは、各層への文化の普及滲透を任務とする出版人の責任でもあった。

一九四五年以来、私たちは再び振出しに戻り、第一歩から踏み出すことを余儀なくされた。これは大きな不幸ではあるが、反面、これまでの混沌・未熟・歪曲の中にあった我が国の文化に秩序と確たる基礎を齎らすためには絶好の機会でもある。角川書店は、このような祖国の文化的危機にあたり、微力をも顧みず再建の礎石たるべき抱負と決意とをもって出発したが、ここに創立以来の念願を果すべく角川文庫を発刊する。これまで刊行されたあらゆる全集叢書文庫類の長所と短所とを検討し、古今東西の不朽の典籍を、良心的編集のもとに、廉価に、そして書架にふさわしい美本として、多くのひとびとに提供しようとする。しかし私たちは徒らに百科全書的な知識のジレッタントを作ることを目的とせず、あくまで祖国の文化に秩序と再建への道を示し、この文庫を角川書店の栄ある事業として、今後永久に継続発展せしめ、学芸と教養との殿堂として大成せんことを期したい。多くの読書子の愛情ある忠言と支持とによって、この希望と抱負とを完遂せしめられんことを願う。

一九四九年五月三日

COVER

東京駅おもてうら交番・堀北恵平

内藤 了

遺体のその部分が切り取られた理由は――

東京駅近くのホテルで死体が見つかった。鑑識研修中の新人女性警察官・堀北《ほりきた》恵平《けっぺい》は、事件の報せを受け現場へ駆けつける。血の海と化した部屋の中には、体の一部を切り取られた女性の遺体が……。陰惨な事件に絶句する恵平は、青年刑事・平《ひら》野《の》と捜査に乗り出す。しかし、またも同じ部分が切除された遺体が見つかり――犯人は何のために〈その部分〉を持ち去ったのか？「警察官の卵」が現代の猟奇犯罪を追う、シリーズ第２弾。

角川ホラー文庫

ISBN 978-4-04-107786-3

PUZZLE

東京駅おもてうら交番・堀北恵平

内藤 了

都内各所で見つかるバラバラ遺体!

年の瀬が迫り、慌ただしくなる東京駅。新人女性警察官の恵平《けっぺい》は、置き引き犯からスーツケースを押収する。中には切断された男性の胸部が——翌日から、都内各所で遺体の一部が次々に発見される。冷凍状態の男性の胸部と足、白骨化した女性の手首、付着していた第三者の血痕……被害者は一体誰なのか? 遺体発見のたびに複雑化する事件を、青年刑事・平野《ひらの》と恵平が追う! 過去と現代の猟奇犯罪が重なり合う、シリーズ第3弾。

角川ホラー文庫

ISBN 978-4-04-108755-8

EVIL
東京駅おもてうら交番・堀北恵平

内藤 了

落とし物は、心臓。シリーズ最恐の猟奇事件!

新人女性警察官の恵平《けっぺい》は警察学校を卒業し、東京駅おもて交番へ正式に配属される。気持ちも新たに交番に立ちながら、先輩刑事の平野《ひらの》・桃田《ももた》と、時間を超える「うら交番」の調査を進め、謎の核心に迫っていた。そんな中、交番の目の前で通り魔事件が発生。白昼凶行に及んだ犯人を恵平は何とか取り押さえるが、事件現場から持ち主不明の「心臓の落とし物」が見つかり——。人間の闇を露わにする事件に恵平は対峙する！　シリーズ第6弾。

ISBN 978-4-04-111429-2

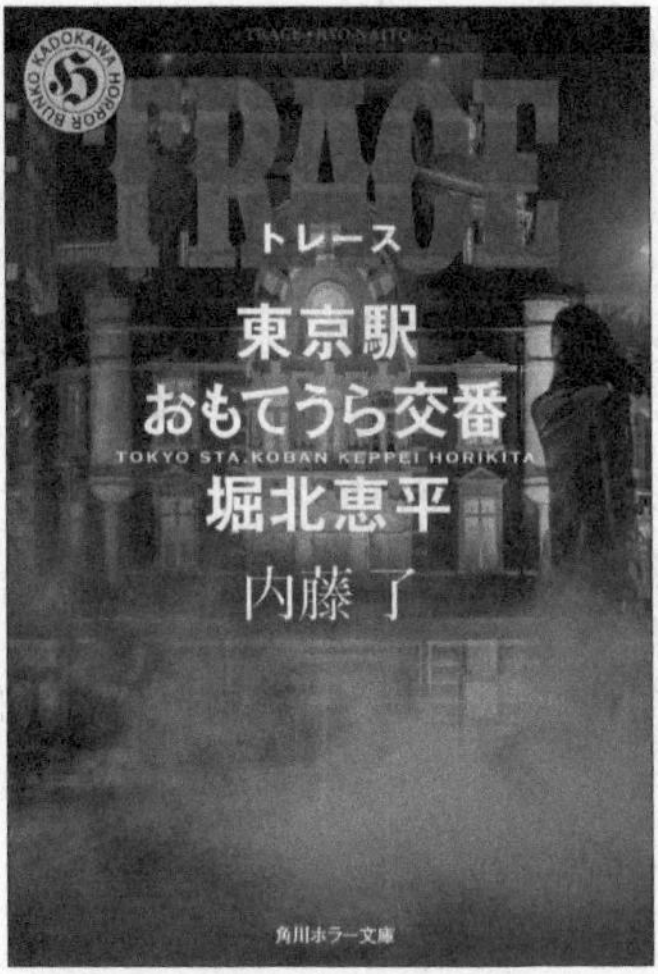

TRACE 東京駅おもてうら交番・堀北恵平

内藤 了

時代を超えて発生する猟奇殺人……その真相とは？

うら交番に行った警察官は１年以内に命を落とす——新人女性警察官・恵平《けっぺい》と青年刑事・平野《ひらの》に残された時間はあと２ヶ月。そんな中、うら交番の柏村《かしむら》が残した昭和時代の爪と毛髪のＤＮＡが現代の外国人失踪事件関係者のものと一致する。明らかになりだす昭和と令和を跨ぐ事件。そして再び浮上する死体売買組織「ターンボックス」の影……時代を超えて非道の限りを尽くす組織の正体とは。大人気警察小説シリーズ、クライマックスへ！

角川ホラー文庫

ISBN 978-4-04-111434-6

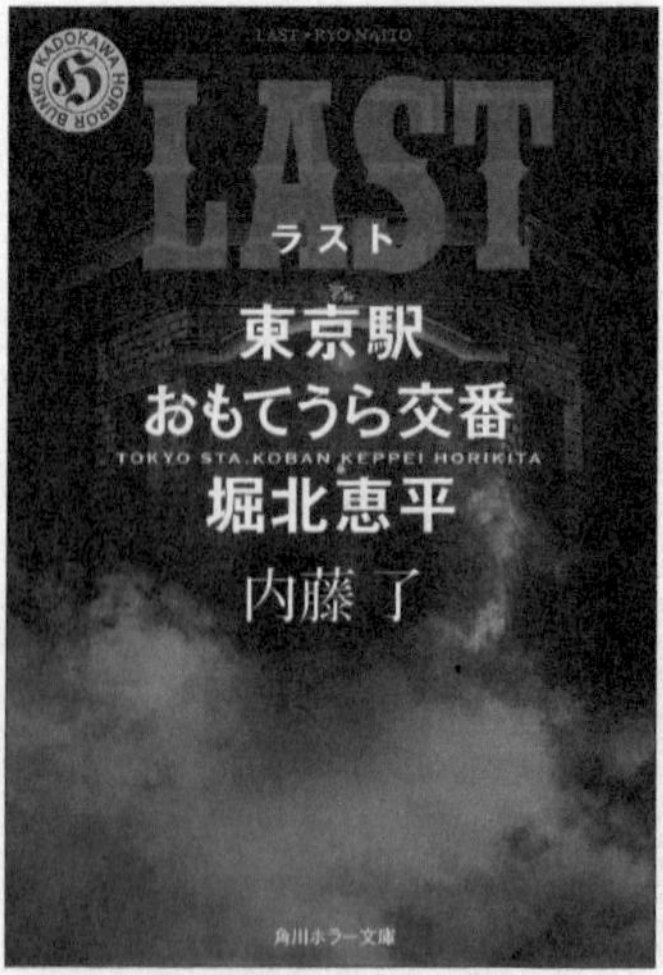

LAST

東京駅おもてうら交番・堀北恵平

内藤 了

大人気警察小説シリーズ最終巻!

明らかになりだす、昭和と令和をまたぐ猟奇殺人事件。柏村《かしむら》の後輩刑事・永田《ながた》、謎の雑誌記者・明野《あけの》はどこへ消えたのか。柏村が生んだという「怪物」とは誰なのか……。鑑識課の桃田《ももた》、資料課の浦野《うらの》とともに死体売買組織「ターンボックス」の親玉を追うなか、再び昭和のうら交番へ向かうこととなった平野《ひらの》と恵平《けつぺい》。「うら交番へ行った警察官は1年以内に命を落とす」——2人のもとにも、運命の時が訪れる。大人気シリーズ、ついに完結!

角川ホラー文庫

ISBN 978-4-04-112599-1

FIND
警察庁特捜地域潜入班・鳴瀬清花

内藤了

ヤバいウワサのあの地域に、“潜入”せよ。

被疑者を勾留中に自死させたことで県警捜査一課を追われ、家庭にも居場所を失った刑事・木下《きのした》清花《さやか》。異動先の「警察庁特捜地域潜入班」は、組織のはみ出し者で構成された新設部署だった。最初に捜査対象となったのは栃木の村落で発生した「児童連続神隠し事件」。その地では古くから、子供をさらう「ヤマヒト様」伝承が存在しており……。清花たちは事件の真相を追い、村落への潜入捜査を開始する！　新ヒロインの警察小説、第１弾。

角川ホラー文庫

ISBN 978-4-04-112601-1